いつか見た青空

黒澤絵美

2013年10月13日　いわて北上マラソン
左・萱橋ふみ子さん　中・黒澤絵美　右・中川雛子さん

いつか見た青空　*　目　次

第三章　尊い時間

第四章　記念日

表紙絵　若狭宣子

第一章　いつか見た青空

いつか見た青空

「たったひとつだけ、どうしても見たいものが見られるとしたら、何を見たいですか？」

小学四年生の男の子が、盲目の私に向かってそう問いかけた。なかなか鋭い質問だ。私も目に障害を負って以来、同じことを自分に問いかけ続けている。ほんの一瞬だけでも視力が蘇るとしたら、私は何を見たいと望むだろう。少年の無邪気な質問は、子供の口を借りて天から投げかけられた問いのように私の心に重く響いた。

「一番見たいのはね、青空。朝目覚めて窓を開けた時、抜けるような青空が見られたらどんなに幸せだろうって思うんです」

私の答えに少年は少し驚いたようだった。

酷暑もようやく峠を越し、朝夕の風が快くなり始めた秋の日、私は近隣の小学校に招かれて、子供達に話をしに出かけた。この学校では毎年四年生の体験学習で、視力障害者について学んでいる。アイマスクをつけての歩行、点字や点字ブロックに触れるなどの実地体験に加えて、直接視力障害者から話を聞くというカリキュラムも組まれている。友人がこの学校で教鞭を取っている関係から私に白羽の矢が立ち、去年も招かれた。予め子供達から集めておいた質問事項を元に、音声時計や白杖などを示して生活上の苦労話や工夫などを語ると、子供達からは生き生きとした反応が返ってきた。子供の純朴さにこちらの方が感動し、いい時間を過ごさせてもらったと心満たされる思いがした。

同じ授業に今年も招かれたが、今回は私の話から学習が始まる。そのせいか、子供達はどう反応していいのか戸惑っている様子だ。私がガイドされて講堂に入り、彼等と向かい合う形で教卓についた時も、挨拶代わりに身振り手振りで自分の出で立ちを説明した時も、場内は水を打ったように静まり返ったままだった。私の隣に座った教師がことさら明るい声で質問事項を読み上げていく。だが態度のおとなしさに比して、質問内容はなかなか大胆だ。

「何故、目が悪くなったんですか」

「目が悪くなって何が一番変わりましたか」

数日前に手元に届いた資料には、担当教師の言葉が書き添えられてあった。

「何ぶん子供のことですから、失礼な発言もあるかと存じますが……」

失礼だとは思わない。必要以上に気を使って遠巻きに見ている大人よりも、子供の率直な態度には作為がないだけいっそ清々しい。

「食事はどうしているんですか」

「洋服はどうやって選ぶんですか」

確かに疑問に思うだろう。私も子供の頃、腰がくの字に曲がった老女を見ると、何故そういう格好をしているのか聞きたくなったし、白い顎鬚の老人を見れば鬚を引っ張りたくなった。悪戯心ではなく、純粋な好奇心で。だから私も子供達の質問に一つずつ丁寧に答える。

「食事はね、お箸やフォークでさぐりながらちゃんと口まで運ぶことができるのよ。私は蕎麦が大好きだから、ざる蕎麦だって練習して普通の人と同じように食べられるよ。皆さんも目をつむって試してごらん」

子供達から微かに細波のような反応が返ってきた。

目が見えない割に食べ方がきれいだと褒められたことがある。学生時代に同じクラブで活動していた仲間達と、三年前に旅行した時のことだ。ホテルの大きなダイニング・テーブルを囲んで夕食を摂っていたら、向かいに座った友人がふいに言った。

「クロちゃん、見えてへんのにきれいに食べはるなあ。うちも試しに目えつむって食べてみたんやけど、えらい難しいわ」

　彼女の言葉に私の方が驚いた。盲目の私につき合って食事をする時、親切に面倒を見てくれる人は大勢いるが、即座に自分も目をつむって同じ気持ちを味わおうとする人は滅多にいない。彼女は片足が少し不自由な人だった。学生時代から足を引きずっていた。だが本人があっけらかんとしているので気にも留めず、ごく普通につき合ってきた。それが小児麻痺の後遺症だと知ったのは四十歳を過ぎてからだ。前述のクラブの友人たちが揃って私の家を訪問してくれた時、本人があっさり打ち明けた。

　当時の私はかろうじて残っている右上部のわずかな視力でどうにか暮らしていた。外出時には緊張の塊で度々怪我をしたが、身近な者達に白杖を勧められても頑として受けつけなかった。障害者になることへの必死の抵抗だ。そんな私に片足の悪い彼女は、白杖を持ったらと切り出した。一番痛い部分を突かれて、一瞬私の顔色が変わったのだろう。居合わせた他の友人達がとっさに冗談を飛ばしてその場の空気を和ませてくれたが、この出来事が私の人生の大きなターニングポイントとなった。

「障害者になってから一番頑張ったことは何ですか」

　教師がまた一つ質問を読み上げる。うーん、と私は考える。頑張ったというよりも、一番大変だったのは自分の障害を受け入れることだったろう。子供達にそのように語った。

「たぶん他の障害者の人も同じことを言うと思いますよ」

健康体に生まれながら、ある日突然障害を負ってしまった者にとって、この関門は避けて通れないものだ。しかも私の視力は事故などで一瞬にして失われたのではなく、知らない間にじわじわと進行し長い時間をかけて失われていった。それだけに自分の障害を受け入れるには相応の時間が要ったのだ。

二十五年前、私はイラストレーターだった。極端に狭まった視野とぼやけたままの焦点という視力異常に悩んでいた。医師から原因不明の視神経萎縮症、現代医学では治す術がないと言い渡されてもあきらめがつかず、縋る思いで何軒もの病院を渡り歩く日々が続いていた。

病院からの帰り道、空しい気分で見上げた空にはにび色のもやがかかっていた。満月が次第に欠けていくように、私の視野も欠けていく。空にかかったにび色の影は、侵食されていく視力、そして心にのしかかってくる不安の影だった。その頃から晴れ渡った青空を見ることができなくなった。明るい陽光の下で目を凝らすと、風景の上にあぶり出しのように黒い影が浮き出てくる。夢の中で見る風景は昔通りに色鮮やかなのに、目覚めて眺める窓の外には、泥水をぶちまけたような澱んだ空が広がっているばかりだ。もう一度青空が見たいと切望した。

何とか視力を取り戻したい一心で様々な治療、健康法を試し、自分自身も東洋医学を学んだ。それでも視力の衰えは食い止められない。友人に白杖を勧められたのは丁度そんなジレンマの真っ只中だった。友人達は帰途の電車の中でも私を案じて泣き泣き論議し合ったという。足の悪い友人は、白杖を持つことが何よりも身の安全につながると主張し、他の友人達は、自分の病気を克服するために必死で努力してきた私のこれまでの人生が否定されてしまうようで不憫だと言った。友人達が私のためにそこまで心を痛めている。心底ありがたいと思った。彼女達の誠意の重さに比べれば、私のこだわりなど取るに足らないものだ。友達の真心に後押しされて、ようやく障害者として生きていく決心がついた。

方向転換してよかったとつくづく思ったのはそれから数年後のことだった。日没のごとく落ち続けた視力はついに夜の闇に飲み込まれて失せた。闇の中に落ちてしまえば、闇は完全な暗黒ではなかった。闇の中にも色彩があった。ベートーベンが心の音楽を聞きながら作曲したように、聴覚障害者達は空気の流れや温寒などから様々なものを感じ取り、心の声を聞いているに違いない。同様に盲目の暗黒にも色彩は存在していた。日差しが額に当たれば太陽のまばゆい姿がそこに見える気がしたし、音楽を聴けば様々な色彩や風景が鮮やかに浮かんでくる。治療の仕事で相手の肩や背中に触れれば、体つきや歪みが実際に見えているかのごとくに感じられる。それでも今、たった一つだけ何が見たいと聞かれれば、やはり青空と私は答える。

人は何故これほどに青空を求めるのだろう。それはたぶん幸せな記憶に直結しているからに違いない。幼稚園に通う道すがら桃の花の蕾を口に含んで遊んだ記憶、大口を開けて風を飲み込みながら泳いでいた鯉のぼり、思い切りこいだブランコ、ガラス戸越しに差し込む冬の陽の中で、廊下に並べられた布団に寝そべって日向ぼっこした記憶。それらの背景には常に青空が広がっていた。青空を見ていると心が晴れ晴れとしてくる。生きる希望が湧いてくる。今は見えなくても、かつてそれを見た記憶が未だに心を満たしてくれる。

「昔は青空を見ても当たり前のように思っていました。それが当たり前でなくなって初めて、青空を見られる幸せに気づいたのです。だから皆さんはとっても幸せなんだってこと、時々思い出してくださいね」

私の言葉を子供達はどう受け止めてくれただろう。担当教師が後を受けてしめくくった。

「障害者の方の気持ちって、私達が想像していたのとは随分違っていましたね」

話を終えて講堂を出る。ガイドしてもらいながら教務室に向かう途中で、休み時間に廊下に出てきた子供達と鉢合わせになった。こんにちは、こんにちは！　次々に挨拶してくる調子から、去年の授業の子供達だとわかった。

「今年もお話しに来たんだね」

弾むような声だった。一点の濁りもなく、どこまでも澄んで明るい。あっ、青空だ！
昔見た空の色がふいに蘇ってきた。

第十二回小諸・藤村文学賞　優秀賞受賞　二〇〇六年

ゆり

七月の声を聞いたとたんに、玄関先の百合の花がいっせいに開花した。窓辺から濃厚な香りが室内に流れ込んできて部屋中を満たす。百合は一番好きな花だ。直線的で鋭角的なシルエットも白一色のシンプルさもいい。雨風に打たれても凛として佇む姿はいさぎよささえ感じる。その百合の花を彷彿とさせる女性がいる。四歳年上の友人で、名前もズバリ、ゆりという。二十年来のつき合いだが滅多にお目にかかれない。毎年、百合の花が咲き揃う季節になると初夏生まれの彼女のことを思い出し、誕生祝いを贈る。

ゆりさんと出会ったのは二十数年前、都内の自然食レストランでだった。一眼レフのカメラを構えて熱心に料理の写真を撮る彼女を見て、カメラマンか雑誌記者かなと思った。化粧っ気のない顔に無造作に束ねた髪という飾り気のない出で立ちながら妙に存在感があり、只者ではないと直感した。その店で何度か見かけ、言葉を交わし合うようになった。

意外にも彼女は看護師だった。カメラは趣味で、自分の勤務先の子供病院の障害児達や野生の花を撮るのが好きなのだという。その愛らしい草花の写真のポストカードを私にもわけてくれた。道端や草むらにひっそりと咲く名もない小さな花々が写真の中で光り輝いている。その中から何点か選んで額縁に入れ、私の治療室に飾ったら治療客達が「温かい写真だ」と感心していた。多分、彼女の子供を見つめる視点と花を見つめる視点は同じなのだろう。後日、彼女が野生の花を撮影する場面に立ち会う機会があった。草むらの中にひっそりと咲く小さな花に向かって、「ああ、可愛い、ああ、可愛い！」と愛し気に語りかけながら夢中でシャッターを切っている。障害児達にもこんな風に接していることが察せられた。

ゆりさんは毎週取手市の我が治療院に通って来るようになった。彼女の住まいは都内だが、勤務先は偶然にも我が家の近隣の病院だった。夜勤が多い仕事柄、体の手入れをする手ごろな治療院を探していたそうだ。長年都内で暮していた私は両親の暮らす取手市に帰っても地元に友人がいない。幅広く深い話ができる友人が欲しいと願っていた矢先、彼女は天からの授かり物だった。

ゆりという名は祖母がつけてくれたのだと彼女は名前の由来を教えてくれた。台風一過の朝に百合の花が咲いた。風になぎ倒された庭先の草花の中で唯一、凛として立つその姿を見て、祖母は生まれたばかりの孫にゆりと命名したのだという。

土佐っ子の誇り高い祖母が大好きだったとゆりさんは言う。教育者として多忙だった両親に代わって孫に惜しみない愛情を注いでくれた。彼女が遠方の地で学生生活を送っている時、その祖母の危篤の知らせが届いた。大急ぎで実家に戻り、精一杯介護したことが現在の仕事の原点になっているということだった。

彼女は都立病院に勤務していたが、父親が癌を患ったのを機に有効な癌治療を探るべく病院を辞職し、様々な病院を転々としていた。その最中に私との出会いがあった。何事も納得するまでとことん追求する性分で、これはと思う癌治療を実地で体験し、そこで出会った印象深い癌患者達について医療専門誌に連載していた。彼女の真摯な姿勢と情熱が文章全体からほとばしり出ていた。

高知出身の彼女の人間性を一口で言うなら、大胆不敵、そしておおらか。土佐人気質を男性は「いごっそう」、女性は「はちきん」と呼ぶそうだが、ゆりさんはまさしく「はちきん」の典型だ。ある時、看護師としてのミッションを己に課し、これからは青少年に煙草の害の怖さを啓蒙すると宣言してさっそく実行した。駅で煙草を吸っている青少年を見かけると声をかけ、特に十代の発育期には煙草の害が生殖器に重大な影響を与えるからやめなさいと諭す。少年は割合素直に煙草をもみ消すが少女はふてくされる。水商売風の女性は大きなお世話とばかりに睨み返す。だがゆりさんは怯まない。雑踏の中で歩き煙草をしている男性を見たときは思わずその手を傘の柄で叩いて煙草を払い落とし、間髪を入れず「キャーッ、ごめんなさーい！」と叫ぶ手段を取った。物の弾みに見せかけたのだ。相手は苦笑するしかなかった。

「私、うまくやったでしょう」

そう言ってアハハと笑った。

彼女と一緒に出かけるときは私も一枚加わった。駅のホームで喫煙者を見かける度に声をかけ、歩き煙草の男性を二人でとっちめたこともあった。実は以前、私は新宿の雑踏の中で煙草の火を手の甲に当てられて軽い火傷をした経験がある。「熱いっ！」と叫ぶと相手は逆にこちらを睨み付け、そっぽを向いて逃げて行った。あのときのリベンジだ。

ゆりさんと行動すると必ず痛快な出来事が起きる。音楽会、講習会、ヨガ教室、さまざまな場所に一緒に出掛け、意見交換をおこなうのも楽しかったが、突然起きるハプニングがとりわけ楽しかった。

彼女と私の口癖は「今が一番だよね」、二人とも二十歳の頃は社会のあらゆることに疑問や憤りを抱き、迷い多き青春を送っていた。三十代半ばにしてようやく様々なことを容認できる心境に至り、魔法で二十歳の若さに戻してあげると言われても、絶対に後戻りはしたくないと断言できるようになった。現在のこの心境が一番だというのが二人の共通認識だ。

ゆりさんとの交流を深めていた頃、私は人生の岐路に立っていた。二十代に発症した視力障害がいよいよ深刻化し、視野狭窄が進み、片目はほとんど失明、もう片方の目も四分の一まで欠けた僅かな視力であっぷあっぷしながら晴眼者を装って生きていた。そんな最中に父が急逝し、自身の生き方を見直さざるを得なくなってきた。だが生来意地っ張りな性分で、身内には弱音が吐けない。唯一ゆりさんにだけは苦しい本音を語った。彼女は聞き上手だ。悩みを聞いてもらっていると不思議と気持ちの整理がついてくる。不安や悩みを抱えた入院患者達に絶大な人気があるのも当然だろう。人の話をじっくり聞き、何よりもその人の今までの生き方を温かく肯定してくれる。その後押しに励まされて何とかやっていけそうな勇気が湧き、最も苦しい「障害の受容」を乗り切ることができた。折角障害を持った以上は、障害者として体験できることをとことん味わい尽くそう。そう開き直ると後はラクだった。それから二、三年後、視力は完全に失くなった。

私の人生のターニングポイントに寄り添ってくれたゆりさんは、その後新たな道を求めて旅立って行った。尊敬する看護学の大家の薫陶を受けるべく大学院に入り、その師の推薦で九州の看護大学へ講師として赴任、彼女の生活はますます多忙を極め、滅多に会うことも電話で話すこともできなくなった。現在、彼女は母上が急逝したのをきっかけに故郷の高知へ戻り、父娘二人の生活を送っている。癌の既往歴を持つ父上はどんなにか安心なさったことだろう。高齢の父親の身の周りの世話をしながら仕事に、市民運動に精力的に励むゆりさん、きっと彼女はあっけらかんと笑ってこう言うだろう。

「今が一番よ」

『これから』二〇一二年

母の肖像

　母は浴槽の縁に頭をもたせかけて寝入っている。クウクウと心地よさそうに立てる寝息が高くなり低くなり、浴室にこだまする。母と向かい合って長々と足を延ばした格好でぬるい湯に浸りながら、私は母の寝息を聞くともなく聞いている。新築した家の浴槽が大き目だったので、この家での暮らしが始まって以来母と一緒に入浴する機会が増えた。好き好んで一緒に入るわけではない。健康法として実践している半身浴を少しでも長い時間おこなうためには必然的に入浴時間が重なってしまうのだ。

　最初は遠慮がちに重ねていた母の足が、寝入るほどに私の領分にまで進出してくる。その足の細いこと、小さいこと、まるで仙女のようだ。足だけではない。母を治療する度に細さが増してくる小枝のような腕も、華奢な肋骨にヘタリと張り付いた薄い肉もドキリとするほど老いを感じさせる。

この小さな体からかつて私はこの世に産み出されてきた。今にもポキリと折れてしまいそうな腕が、赤子だった私を優しく抱きしめ、今は萎えてしまった乳房が豊かな乳をほとばしらせていた。歳月は肉体から多くのものを奪い去っていったが、それでもこの人はまだけなげに自分の二倍ほどの背丈に育ってしまったでくのぼうの娘を守り抜こうとしている。人生の終盤に差しかかっても、爪の先から髪の毛一筋まで母親で在り続けようとする。湯船の中で他愛もなく眠りこけている小さな老女をこの上なくいとしく思う。

もう十年以上、肉眼で母の顔を見ていない。もしも奇跡が起きて私の視力が蘇ったら、今の母はどんな容貌をしているだろう。十年の歳月は母の顔にどんな表情を刻み付けただろう。母は気丈な人である。一見お人良しの楽天家だが、自分や自分の家族を脅やかす存在に遭遇すると別人のように牙を剥き、全身から殺気を漲らせる。その落差の激しさといったら丁度、野性の動物が我が子を守るために敵に挑みかかる姿さながらだ。そういう非常時の母を私は何度も見てきた。あれは偉大なる母性から生まれた力だ。家族が医療ミスにより死に掛けたり再起不能になりかけたときも、私の視力がどんどん失われていったときも、母は偉大なる母性を発揮して災難を乗り越えてきた。

幼い頃の記憶を辿ってみると、母の気丈さが際立った一件が思い起こされる。場所は当時暮らしていた我が家の中庭に面した六畳間である。幼い私と妹が縁側で遊んでいたときふいに見知らぬオジサンが庭先に現れて何やら言いながら縁側に手荷物を広げた。六畳間でアイロンをかけながら私達を見守っていた母はとっさにきつい口調で私と妹を呼んだ。何のことやらわからぬまま、慌てて母の背後に隠れたが、その後しばらく母とオジサンの間にやり取りが続いた。

「そう言わずに奥さんよう、このゴム紐買ってくれよ」

要するに押し売りだ。昭和三十年半ば頃はこういう手合いが多かった。玄関からではなくいきなり庭先に入り込んできてすごむのだ。若い母はさぞ肝が縮みあがっただろう。だがそんな素振りはおくびにも出さず、平然とアイロンかけをしながら言い放った。

「主人が汗水流して稼いでくる大切なお金、一円だって出しませんよ」

どう脅されてもすごまれてもガンとして突っぱねる。とうとう根負けした男はあきらめて立ち去った。母の背中にしがみついて一部始終を見ていた私は、押し売りの男よりも母の気迫に脅威を感じたものだ。後になって母は、あんた達に危害でも加えられたらどうしようかと、それだけが怖かったと打ち明けた。小柄で非力な母が、幼い娘を守る一心で男に気迫勝ちしたのだ。

私が中途失明して新たな道を摸索するときにも、母は気丈さを発揮した。白杖を拒み続けた私がついに白杖を持つに至ったときも、母は笑って受け止めていた。もしかしたら陰では泣いていたのかもしれないが、娘の気持ちを萎えさせないために表向きは明るくふるまっていた。その明るさに随分救われた。

その母がたった一度だけ凄まじい怒りを爆発させたことがある。マッサージ治療院を開業していた私は、若いうちに取れるだけの資格を取っておこうと一念発起して都内の鍼灸学校に通学し始めた。早朝、学校に通い、午後の授業が終わるととって返して治療の仕事をこなす。そのハードな生活に慣れてきた頃、心の弛みが出たか、思いもかけぬ事故に遭遇した。学校で点字競技会が開かれる日だった。意気込んでいつもより早く家を出たが、駅まで来ると丁度電車がホームに滑り込んできた。急げばあれに乗れる！　白杖をガチャガチャ鳴らして階段を駆け上がると、ホーム上の乗客はおおかた乗り込み、電車は発車寸前だった。一瞬迷ったが、目前にドアらしき空間があったのでその空間目がけて飛び込んだ。ところが足元は虚空だった。しまった！　と驚愕しながら石のように落下し、気づいたら線路の上に座り込んだ格好になっていた。狐に化かされたような心持で手探りすると、車体の一部に触れた。ドアだと思って飛び込んだのは車両連結部だったのだ。頭上で発車のベルが鳴り響き、「間もなく発車します」というアナウンスが流れた。

うわっ、轢かれる！　慌ててホームの縁にしがみついて大声で助けを求めると、幸いすぐ間近にいた通勤の女性が気づいて手を差し伸べてくれ、続いて駅員が駆けつけて、間一髪、ホームに助け上げられた。

電車の発車を遅らせてしまったことが恥ずかしくてそそくさと電車に乗り込んだ。何事もなかったかのように電車は発車した。そのときは無我夢中だったので転落時のダメージはなかった。だがしばらくすると遅ればせながらショック症状がやってきた。呼吸が苦しくなり、立っていられないほどのだるさに襲われてその場にしゃがみ込んでしまった。

ターミナル駅に到着し、電車を降りた時には体は鉛の様に重くなっていた。線路に落ちた時に右肩をひねったらしい。時間とともに外れそうに痛み出した。両肋骨と両膝も打撲している。本線に乗り換えて都内まで行くつもりだったがこの状態では厳しい。駅員の勧めで駅長室で休憩をとったが、ここで思い掛けぬアクシデントに見舞われた。相手の誘導が不慣れだったのか、私の勘が鈍かったのか、勧められるままに腰かけようとした肘掛け椅子の真正面ではなく、横合いから座ってしまったのだ。肘掛けの上に腰を下ろしたとたん、後ろ向きに椅子の上にひっくり返ってしまった。驚いた駅員が助け起こそうとして私の右手を引っ張ったからたまらない。亜脱臼した腕の激痛は倍増した。この段に至って、学校へ行くのをあきらめ、よろめきながら下り電車に乗って家に引き返して行った。

連絡しておいたので、母が自転車を飛ばして駅まで迎えにきていた。その時の母の心中を私は知る由もなかった。母の態度は普段と変わらなかった。私の怪我は毎度のことなので慣れているのだろう。歩道の車止めで脛を思い切り打ったり、電車とホームの間に片足がはまったり、視力が落ちて以来生傷が絶えたことがない。だがどんなに重症でも仕事に穴をあけないのが自慢だ。今回もそうするつもりで母には事故の模様をあまり深刻に話さなかった。

帰宅して一通りの手当をすると症状は落ち着いた。そこで日頃はできない雑用を片づけに市役所に出向いたり、少し仮眠を取って夕方からの仕事に備えた。ゆっくり休めば夕方までには回復するだろうと高をくくっていたのだ。ところがそれを伝えると母はいきなり声を震わせて怒鳴り出した。

「この親不孝者！　どこまで親に心配かけたら気が済むの！」

その凄まじい怒りにぞっと総毛立ってしまった。呑気に構えているようで、内心は相当私の事故にショックを受けていたのだ。ついに堪えきれずに怒りを爆発させる母に、このときばかりはおとなしく引き下がった。母は毅然として命じた。

「その体でまともな治療ができる筈ないでしょう。客を舐めるんじゃないよ。これから一週間は完全休業しなさい」

そして客達に片っ端から電話をかけ、予約を取り消してしまった。その強引さに唖然としたが、母の判断は正しかった。事故のダメージは時間とともに悪化し、夕方には到底仕事のできる状態ではなくなっていた。結局その日は一晩中半身浴をして凌ぎ、翌日は鍼灸の恩師の治療を頼ることとなった。だが私にとって一番こたえたのは怪我の痛みではなく、我が子の痛みを自分の痛みとして苦しんでいる母の心の痛みだった。

毎朝、白杖を突きながら都内まで出かけて行く娘を送り出した後、無事に帰宅するまでどんな気持ちで過ごしていただろう。たぶん古今東西の母親達の行動原理は皆、身を挺して我が子を守ろうとする無償の愛からきているのだろう。無欲な人にはかなわない。終生、母となることもなく終わるだろう私は、その偉大なる母性にひたすら畏敬の念を抱くのみである。ぬるい湯の中でまどろみながら、微かに聞こえてくる母の寝息に向かって頭を垂れる。

「雷鼓」二〇〇九年夏号

最後の挨拶

「斉藤さんが消えちまったよ」

鍼灸学校の同級生、かっちゃんからそんな連絡を受けたのは九月半ば、斉藤さんはじめ、鍼灸学校の級友達が揃って私の治療室の新築祝いに駆けつけてくれた日の夜だった。鍼灸学校といっても我々が通っていたのは中途失明者の為の教育機関だ。

人生途上で視力を失った私は指圧学校に通って資格を取得し、治療師として生業を立てていたが、思うところあって鍼灸の資格も取得する決心をし、再び都内の学校まで通いだした。指圧学校時代はまだ視力が残っていたが、鍼灸を学ぶ頃には完全に失明状態になった。白杖を握り、茨城県の自宅から電車を乗り継いで都内まで通うのは大変な冒険だったが、途上で親切な人達に助けられ、学校では良き級友に恵まれてどうにか無事に国家資格を取得することができた。

卒業後、治療に適した家を建て直したところ、級友達が都内からはるばる祝いに駆けつけてくれた。九月中旬とは思えぬ暑い日だった。朝十時に皆で待ち合わせてこちらに向かったという連絡を受けたが、午後一時過ぎても現れない。どうしたものかと待ちわびているとようやく地元の駅に着いたという一報が入ったが、それからがまた長かった。視力障害者が初めての場所に自力で出かけるのは並大抵のことではない。自転車で出動した我が母が遊歩道を一列縦隊になってあっちだこっちだと言い合いながら練り歩いている一団を発見し、ようやく我が家まで案内してきた時には二時を回っていた。

思わず映画『はなれ瞽女《ごぜ》おりん』の一シーンを思い出した。上演時、私はまだ晴眼者だった。瞽女と呼ばれる盲目の芸人集団がベテラン瞽女を先頭に、一列縦隊に連なって雪道を歩んで行く足取りが独特で思わず笑ったら、不自由な体で必死に生きている人を笑ってはいけませんと先輩に窘《たしな》められた。今は私自身がその一列縦隊の仲間入りをしている。傍観者と当事者、立場が変わるとものの見方も変わってくるものだ。白杖の集団が一列に連なって進んで行く姿は健常者の目には異様に映るが、視力障害者にとっては合理的な歩行だ。

それにしても私達のクラスには斉藤さんという頼れるリーダーがいて、どこへ行くにも安心だった。斉藤さんは六十歳ほどの穏やかな紳士で、視力障害といっても程度は軽い。

皆から「晴眼者」と呼ばれ、何かと頼られる存在だった。その先導役がいるにもかかわらず何故そんなに迷走したのか？　一息ついて訳を聞いたら、皆を振り回した元凶は斉藤さんだった。朝の待ち合わせに大遅刻したのを皮切りに、壊れたパソコンさながらに級友達をキリキリ舞いさせたらしい。日頃沈着冷静な斉藤さんとも思えない。だが当の本人は茫然自失で、喘息気味の荒い吐息をつくばかりだ。連日の残暑ですっかり体調が狂ってしまったのか、言動もあやふやだ。仲間達に背中を叩かれながら連れだって帰って行ったが、それが今生のお別れとなってしまった。

深夜になって級友のカッちゃんから電話が入った。常磐線の電車で上野駅を目指している途上、斎藤さんは柏駅に着いたとたんに「じゃあまた」と言い置いてさっさと電車を降りてしまったというのだ。目の悪い級友達は止めるいとまもなかった。カッちゃんは携帯電話で何度も呼び出したが、繁華街と居酒屋を行きつ戻りつしている様子で、どこにいるのか聞き質しても埒があかないという。突然狂ってしまったとしか思えない。返す言葉もなく電話を切った。

斉藤さんは謎多い人だった。入学当初は病気のデパートと呼ばれる半病人で、入学試験も入院中の病院から受けにきた。息を切らし、よろめきながら登校する姿は哀れでさえあったが、授業が始まると同情の念は尊敬の念に変わった。元々親分肌だったのだろう。目の悪い級友達のために学院長に校内の改善を要求し、国家試験用の書籍の購入を依頼し、放課後の勉強会を考案してくれた。この勉強会が独特だった。斎藤さんが用意した過去問の資料の四択問題を読み上げると、視力障害の皆は答を述べる代わりに一斉に指を立てて示す。誰が指を何本立てたかを確認すると、斎藤さんは誰は正解、誰は間違いと発表してから改めてわかりやすく解説してくれる。卒業して何年も経った今でもその情景を鮮明に思い浮かべることができる。夕暮れ迫る放課後の教室で、皆は身じろぎもせず斉藤さんの言葉に耳を傾けていた。これほど真剣に何かに取り組んだのは前にも後にもなかったのではないか。視力を失ったからこそ生きることに真剣になったのかもしれない。

斉藤さんは色々な顔を持っていた。飲み友達のカッちゃんは「悪徳不動産屋」と評し、本人も潰した会社は数知れずと豪語していたから、海千山千の人生を歩んできたのは確かだ。大学の法学部で学んだ知識ももっぱら法律の裏をかくために悪用し、今でこそ生活保護を受ける身の上だが、昔は豪邸に住んで錦鯉を飼っていたという。その豪邸は多額の負債を抱えて協議離婚した折、妻子に譲ったという。複雑な事情を抱えた人なのだ。

カッちゃん曰く、かつての豪邸は柏駅近郊にあった。突然下車してしまったのは、里心が付いたためだろうという。国家試験に受かったらそれを手土産に晴れて妻子の元に帰るつもりだったらしい斎藤さん。皮肉にも彼のお陰で私達全員が合格したというのに、功労者本人は落ちてしまった。卒業後、級友達がそれぞれの道を歩み始めた中で、斎藤さんは取り残されたような寂しさを感じていたのかもしれない。会う度に声は虚ろになっていき、ついに緊張の糸は切れてしまったのだ。

行方を案じながらも、視力障害の身で成す術もなく時は過ぎて行く。半月後、斎藤さんがすでに亡くなっていたことが判明した。アパートの大家が自室の畳の上で静かに息を引き取っている姿を発見したという。生活保護を受けていた斎藤さんには身寄りがない。都内の安置所に移され、一週間後に町屋の火葬場で荼毘に付されることになった。通夜も告別式もなく、火葬場で立会えるのは六人までだという。急なことで私は時間が取れない。そう断って電話を切った。

その晩、鍼の実技の授業で斉藤さんと組んだ時のことを思い返した。饅頭のような腹には無残な手術の痕跡が縦横に走り、臍かケロイドかわからない凹みがいくつもあった。一体何度地獄へ行ってきたのかと冷やかすと、どう料理しようと切り刻もうとかまわないよと笑う。その満身創痍の体に恐る恐る鍼を打ち、灸をすえた。あの腹とももう二度と会えなくなるのだ。やはりお別れをしに行かねばと決心した。火葬前日なら時間が取れる。都内の安置所に出向いて御礼を述べたい。区役所に問い合わせても遺体の安置所を教えてくれないそうだが、直談判で当たってみよう。

金木犀の香りがほんのり漂ってくる朝、意気込んで都内へ向かった。斉藤さんが消えた日からほぼ一か月が過ぎている。あの時すでに彼の心は壊れていたのだろう。蝋燭の灯が消える寸前の最後の輝き、いや、鍼灸学校で委員長を務めていた頃が彼の人生最後の輝きだったのかもしれない。そう考えながらガイドヘルパーのほとりさんにつき添われ、電車と地下鉄を乗り継いで区役所へ向かう。

隅田川沿いの堤をゆっくり歩いていくと、眼下には水煙を上げて通過する水上警察艇、上空ではビールジョッキ型の宣伝塔の頂上から命綱でぶら下がった蟻のような作業員が清掃作業の真っ最中、そして地上では散歩の人々がそれをのんびり見上げていた。世の中は何と平和なのだろう。思わず笑ってしまった。斉藤さんが亡くなったことも、明日は焼かれて灰になってしまうことも、その遺体の安置所を突き止めに談判しに行こうとしていることも、すべてが一瞬の夢のようだ。

切羽詰った思いで区役所に乗り込むと、拍子抜けするほど簡単に安置場所も面会許可も得ることができた。ヘルパーのほとりさんは民生委員の副理事長という肩書を持っている。それが水戸黄門の印籠のように効いたのかもしれない。都内を東から西に横断したような位置にある葬祭場まで、更に電車を乗り継いで行く。やがて辿り着いた葬祭場は、想像していたような暗さのかけらもない堂々たる建物だった。係員に案内されて地下の安置所へ向かう。冷気漂う地下室は、死者達の寝息がどこからか聞こえてきそうな沈黙に包まれていた。線香の立ち込める部屋に案内されて、久しぶりに斉藤さんに面会した。勿論私は見ることはできないが、ほとりさんが代りに棺の中で眠る人を確認してくれた。

「穏やかな良いお顔ですよ」

その言葉に安堵しながら用意した花束を棺に納めた。やれやれ、やっとこのポンコツの体から解放されたよ、と晴れやかな笑顔を浮かべる斉藤さんの姿が見えるような気がした。

翌日、火葬場に出かけた級友からの話では、学校関係者が意外なほど大勢押しかけて賑やかに見送ることができたという。やはり故人の人徳だろう。本当のところどんな人生を生きた人だったのかはわからない。誰の中にも善意と悪意が共存している。だが少なくとも晩年の斎藤さんは障害者の級友達のために尽力してくれた人だった。人生の総決算が息を引き取る瞬間に決まるというのなら、確かに斉藤さんは我々にとって神様のような人だった。案外、本人が一番あの世で苦笑しているかもしれない。

それにしても、とかっちゃんはぼやく。アパートの家財道具は一切区役所が処分し、遺言も形見も何一つ残っていない。せめて一言、別れの言葉でも残して欲しかったという。ところが形見は残っていたのだ。久しぶりにパソコンのメールを開けると、受信箱から思いがけない件名が出てきた。

「エヒノコックス、サルコイドーシス……」

まぎれもない、呼吸器疾患に関する斉藤さんからの返答メールだ。一瞬背筋が寒くなったが、日付は行方を眩ます前のものだった。卒業後も私は斉藤さんにメールで頻繁に医学関係の質問を送っていた。在学中からの癖で頼みやすく、彼も喜んでせっせと調査してくれた。呼吸器疾患は一番最後に頼んだ宿題だった。それが死後に届くのも不思議な話だが、如何にも斎藤さんらしい几帳面な回答を音声ソフトの機械音が澱みなく読み上げた。律儀な最後の挨拶だった。

二〇〇七年一月

バリアフリー

パソコンのメールを開く。バンバンクラブという盲人ランニングクラブのメーリングリストの件名を開いたとたんドキリとした。

「ハセちゃんの訃報」

ハセちゃんとは盲人ランナーの一人だ。バンバンクラブでは盲人も伴走者も皆が平等であるという意味で、職業や年齢、経歴などに関わりなく全員がニックネームで呼び合っている。気軽につき合っている相手が実は弁護士や検事だったり会社経営者、音楽家、あるいは元ボクサーという例もあれば、まだ社会に踏み出していない者や自閉症、盲聾の者もいる。それもその人の個性として互いの人間性を尊重し合う。障害者とそれをサポートする者達の組織としてこのバリアフリー感覚は好ましい。

ハセちゃんは大変走力のある盲人ランナーだ。これまで意欲的に様々なレースに取り組んできた人で素晴らしい功績も上げているが、一昨年あたりに癌を発症し、養生生活を送っていた。まさかという思いでメールを開くと、永眠したとある。とっさに脳裏を過ったのはハセちゃんの奥様、リズのことだった。リズはバンバンクラブの優秀な伴走者だ。このクラブで出会い、意気投合してゴールインしたカップルは多く、リズとハセちゃんもその例に漏れなかった。

リズは気さくで優しい人だ。練習会では晴眼者ランナーは自分の伴走相手のみならず、他の盲人ランナーの世話もこまごまと焼いてくれる。私も伴走者が男性のときなどトイレのガイドは女性に頼みたく、何度かリズに御願いした。名古屋に遠征したときはバンバンクラブ会員同士で賑やかに前夜祭に繰り出した。同じテーブルに着いたリズを見て私の隣の男性ランナーがうれしそうに耳打ちした。

「リズさんってすごい美人ですよォ！」

彼がどれほど鼻の下を伸ばしているか察せられた。そのとき私は初めてリズが美しいニュージーランド人であることを知った。視力がないので相手の外見はわからないし、日本語があまりにも流ちょうなので外国人だとはまったく気づかなかったのだ。

翌年、また名古屋に遠征した折は行き帰りの新幹線でリズが同伴してくれた。約二時間、彼女と初めてじっくり話す機会が持てた。前年の暮にリズとハセちゃんはバンバンクラブの納会で結婚報告をし、みんなの祝福を受けた。自然と話題はそちらへ向いた。

「あんまり流ちょうな日本語なので、リズが外国人だとは思わなかった」

私がそう言うとリズは我が意を得たりとばかりに身を乗り出してきた。盲人ランナーの伴走をするようになってから大勢の視力障害者と出会ったが、誰も彼女を外国人扱いしなかったという。それはそうだろう。盲人には見た目はわからないし、今どきは日本人でも無国籍風のおかしなイントネーションでしゃべる人が多いが、リズの日本語はかなりきれいなアクセントだ。それでもどこまでも外国人として扱われることが多い中、国籍などまったく関係なく人間同士として接してくる視力障害者達とのつきあいは新鮮だったという。美貌のリズにはモーションをかけてくる男性も多かったろうが、三十代半ばまで独身だったのは心に適う人物に出会えなかったからだろう。ハセちゃんを選んだ理由はもちろん彼の真摯な人柄に惚れ込んだためだろうが、同時に彼がリズの外見ではなく純粋に彼女の人間性を見つめてくれたというところが大きかったのではないか。視力がないことがかえって人と交流する上でバリアフリーになることもあるのだなと私は思わず笑った。

その後の二人の活躍は目覚ましかった。秋にはハセちゃんが盲人として初めてトレール・ランを完走したことが大きな話題になった。トレールというのは山中の道なき道を走る大変過酷なレースだ。晴眼者でも厳しい岩や木の根っこが張るコースを盲人が走るのは殆ど不可能に近い。そのレースにハセちゃんは挑戦し、完走した。前代未聞の快挙だ。後になって伴走を引き受けたフクロウさんというウルトラ・ランナーが、この奇跡を成し遂げるまでの苦労話をランニング専門誌に綴っていた。

それによれば、盲人ランナーにトレールを走らせたい夢を抱いていたフクロウさんと登山経験豊富なハセちゃんが意気投合し、まずは盲人ランナーを受け入れてくれるレース探しから始めたという。盲人には危険過ぎると断るレースが多い中、ようやく見つけたのが群馬県神流町《かんなまち》で開催される神流マウンテンラン&ウォークという大会だった。ミドルクラス二七キロというコースを選んで、レースまで何度も現地に赴き、本番のコースを繰り返し走った。

通常のマラソン大会では盲人と伴走者はロープを握り合って並んで走るが、細い山道ではそれは無理だ。盲人は白杖を持つことを許され、その前後を伴走者が声をかけながら走る。落ち葉でフカフカの道もあれば岩がゴロゴロ転がっていたり木の根が張った足元の悪い箇所、更にロープを伝って注意深く歩かねばならない危険区間もある。小太郎山への登りはきつく、下りは九十九折《つづらおり》の難所だという。それらの道なき道を伴走者は足元の状態やカーブなどを短い言葉で的確に盲人に伝えてやらねばならない。試行錯誤の末に工夫を凝らした合図を送り、何度も練習を積んで克服した。

奥様のリズも毎回参加し、並走しながらコースの特徴を細かにメモしたという。帰宅すると二人で額を突き合わせ、リズが読み上げるメモをハセちゃんが頭に刻みつけて全行程を完璧にイメージングした。

こうしてハセちゃんはリズや仲間達に支えられて参加者二百人中五十位という素晴らしい成績を納めた。二〇一四年十一月のことだった。

このニュースを聞いたとき、新幹線の中で熱っぽく語っていたリズの言葉を思い出し、彼ら夫婦が一心同体となって厳しい山を走っていく様が目に浮かんだ。きっと彼らはこれからも強い絆で結ばれて次々に困難なレースに挑戦していくだろう。それを想像すると心が躍った。ところがそれから半年も経たない内にハセちゃんは癌を発症したのだ。

その後、風の噂で二人が懸命に病と闘っていることを聞いた。別人のように痩せてしまったハセちゃんはリズに支えられて公園を散歩していたそうだ。彼らは必ず病を克服するに違いない。そう信じてエールを送ったが残念ながらその期待は叶わなかった。

メーリングリストには次々にお悔やみの言葉が寄せられ、トレールの盟友だったフクロウさんもその後のリズの様子を書いていた。彼女は非常にしっかりしていて仕事にも早々に復帰したという。思い切ってメールを送った。同情の言葉は書かなかった。むしろハセちゃんはとても幸せな人生を送った人だと思った。五十年余の短い人生ではあったが、障害を持ちながら精一杯生き抜き、しかも深く心の通う伴侶に恵まれて命を燃やし尽くすことができたのだ。彼らの結婚生活はあまりにも短かったが、その短い時間の中で二人は密度の高い共同作業を遂行し、見事な大輪の花を咲かせた。羨ましい限りだ。そのように伝えるとリズから返事が返ってきた。その文面はハセちゃんへの感謝の念に溢れていた。

彼は病状が進んでしゃべるのも聞くことも困難になっても、目が不自由だからこそ周囲の思いを敏感に感じ取り、皆の気持ちに応えて必死で生きようとしていたという。そして何よりリズへの配慮を第一に考えていた。真のバリアフリーとは制度や規則ではない。偏見のない真っ直ぐな心で相手と向き合うことだとハセちゃんは身をもって教えてくれた。

「文章歩道」二〇一七年秋号

第二章　走る

走る

あなたは何故走るのかといきなり問いかけたのは、盲目の私の伴走をしてくれている萱《かや》橋《はし》さんのお姉様だ。青梅線沿線にお住まいの方で、青梅マラソンに参加した私と実妹を応援に駆けつけてくれたのである。自分はお金を貰ったって走りたくないというお姉様は、三〇キロレースを走り終わって青息吐息の私の姿を見て、どうしてお金を払ってまでそんな辛い思いをするのかと不思議でならなかったようだ。

その素朴な質問に私は思わず笑いそうになった。自分がマラソンに夢中になっていると、世の中の人全てが走ることに興味を持っていると思い込んでしまう。だが世の中には走るのが嫌いな人も大勢いる。彼らにとっては安くもない参加費を払ってまで苦しい思いをしに行く連中は物好きとしか思えないだろう。そこで私は自分が失明してからマラソンを始めるに至った経過を説明した。

数年前まで私は自力で外出できず、日がな一日部屋にこもって仕事をしながら、戸外の風に吹かれて歩いてみたいと切望していた。念願叶って散歩のガイド役が見つかり、久しぶりに利根川堤の地面や草原を踏みしめたときは夢のような心地だった。そこからジョギングに発展し、思い切り大地を蹴って飛び上がったときのスリルといったらなかった。久しぶりに感じた開放感だ。この気持ちが続く限り、ずっと走り続けて行けると思った。

赤子は母の腕の中で盛んに手足を動かし、起き上がろうとする。やがて母の膝の上でスックと立って誇らしげな表情を浮かべる。それから一歩ずつ歩き出し、走り出す。歩くこと、走ることは人間の本能だ。子供は走るのが好きだ。わけもなく走り出す。何かに突き動かされて、胸をワクワクさせながら走る。地団駄を踏むこともある。前へ進まずにその場で足踏みをすれば舞踏だ。走ることと踊ることは同義だと、ある人が言っていた。どちらも喜びの表現であるには違いない。そのことを私は長い間忘れていた。視力を失って以来、用心深く地面を擦って歩くのが身につき、走る本能を自ら封じ込めていた。伴走者のおかげで走る能力が復活した今は、とにかく走ることが即、喜びだ。萱橋さんのお姉様にそんな心境を話した。

最近、村上春樹の『走ることについて語るとき、僕が語ること』というエッセイを読んだ。村上春樹といえば猫を抱いてジャズを聞いている内向的な人というイメージがあったが、意外にも彼は筋金入りのアウトドア派だった。その著書の中で印象的だったのは彼の走る姿勢だ。たいていの作家が書斎でおこなう精神活動を彼、村上春樹は野外を走りながらおこなうという。つまり身体活動をしながら自己の内面を見つめ、思索にふけり、自己分析や人間探求をするというのだ。目前に広がる風景を眺め、ウォークマンでお気に入りの曲を聴きながら瞑想状態に入る。目が見える人はこういう走り方をするのかと驚いた。私はその逆で、走ることで外界との接点を持つ。走れば走るほど世界が広がる。

二十年程前から取手市に住んでいるが、視力の衰えもあってごく限られた地域しか知らずに過ごしてきた。走るようになって行動範囲が広がり、地元への認識も変わってきた。「ディスカバー取手」に開眼したのは昨年半年間ほど伴走を引き受けてくれたKさんという年配の男性の力が大きい。ベテラン・ランナーのKさんは主に自分のナワバリの利根川下流域をランニングコースに選んでくれた。

取手市は利根川に沿って東西に細長く伸びた街で、丁度真ん中あたりを常磐線が分割するように通っている。常磐線より東側は昔の宿場町の面影が色濃く残り、私の住む西側は新興住宅街が多い。笑い話のようだが、私は自分の住まいが市の中心部だと思い込んでいた。Kさんに伴走されて利根川下流域を我が物顔で走るようになったら、自分の認識が相当ズレていたことに気付いた。車で通過したら一瞬だが、一歩ずつ踏みしめて通るとそこに息づいている豊かな自然や歴史の深さに触れることができる。

取手の東の外れ小文間《おもんま》という地域をランニングした時がその好例だ。Kさん曰く、小文間の旧街道はその昔、追剥が出没するので「おいはぎ街道」と呼ばれていたという。茫漠たる葦の原が広がる河川敷から急坂を駆け上ると、人っ子一人いない雑木林に行き当たる。竹の葉の擦れる音ばかりが聞こえる何とも淋しい場所だ。日暮れには決して通ってはならないと言い伝えられていたのも当然だろう。昼間でさえ竹藪の陰から追剥がぬっと現れて来そうな気配がした。

Kさんのガイドで取手市の各地を走る度に、頭の中の地図に新たな情報が加えられる。慣れた幹線道路を逸れて脇道に入り、迷路に迷い込んで四苦八苦したこともあった。後日知ったのだが、そこはかつて利根川水域を荒らし回った海賊の部落だった。行けども行けども袋小路に行き当たり、方向感覚が狂ってしまう集落の構造は、役人の追跡をかわすのに好都合だったらしい。何やらその昔の生活者の息遣いが伝わってきそうだった。

地元への興味はそれからそれへと広がっていく。我が町は利根川と小貝川《こかいがわ》という二つの川に挟まれた地域だが、小貝川まで行くには徒歩では無理なので、気軽に散歩できる利根川ほど馴染みがなかった。だがマラソンを始めたおかげで小貝川がぐんと近くなった。実は生まれ故郷の龍ヶ崎市は小貝川がもっと身近にあった。車で出かける際はまず小貝川を越えたT字路で右に行けば土浦、左に行けば東京という分岐点になっていた。その小貝川が現在の住まいの北側を流れている。一体この川はどういう流れ方をしているのか位置関係が掴めない。

そこで地理に詳しい友人の堤さんに問うてみると、器用な彼女は茨城南部の地図に糸や紐を貼り付けて特別製の地図を作ってくれた。これなら私にも指先で川の流れや街の位置を確かめることができる。探ってみると、小貝川は恐ろしく曲がりくねった川だった。水海道、守谷、取手、牛久の各地をＵＦＯの軌道のように蛇行しながら藤代と佐貫の間で常磐線をくぐって龍ヶ崎市へ、そして取手市との境を流れ下って利根川に合流する。五十数年生きてきて初めて郷土の川の流れ方を知った。

だが疑問は続く。どうしてこの川は利根川や鬼怒川のような自然な流れ方をしていないのだろう？　山間部ならともかく、関東平野のど真中で何とも不自然な流れ方だ。その疑問を地理に詳しい友人にぶつけると、明快な答えが返ってきた。要するにこの川は灌漑用水として人工的に流れを変えられていたのだ。貯水池から貯水池をつなぎ、田畑をくまなく潤すための川、その貯水池が後年干拓工事で埋め立てられ、外周だけが川として残されたために現在のように極端に曲がりくねった姿になったという訳だ。

確かに小貝川の水は灌漑用水だと実感できたのは去年の春のことだった。私と友人ユカさんはKさんのガイドで利根川に沿って河川敷を走った。途中で小貝川が利根川に注ぎ込む合流点があり、ここでKさんは小貝川の河岸を遡って豊田堰という堰を渡るコースを指示した。丁度田んぼに水を流す時期だった。上流から流れてきた泥色の水で川の水量が増し、轟音を立てて堰を滝のように流れ落ちていた。堰の手前ではここまで押し流されてきた魚が必死に水流に逆らっているが、あえなく流されて滝つぼのような堰から落下していく。すると下で待ち構えていた鵜がパクリと一瞬にしてそれを飲み込んでしまう。都内暮らしのユカさんは、上野から四十分足らずの土地でこんな野生的な風景にお目にかかれるとは、とはしゃいでいる。私は自分の暮らす足元で日々繰り広げられている自然の厳しさと命の営みに唖然とするばかりだった。

ここでまた疑問が湧いてきた。小貝川の水源はどこなのだろう？　堤さん作の地図によれば、鬼怒川と小貝川は絡み合うようにそれぞれ北上して栃木県まで延びている。その先が是非知りたい。機会のあるごとに友人知人に尋ねていると、伴走でお世話になっている萱橋さんがズバリ教えてくれた。以前、小貝川の源を求めて川を遡って行ったことがあったのだという。やはり毎日ランニングで親しんでいる川にはそうした興味が湧くのだろう。栃木県烏山市の田んぼの中の池というのがその答えだった。

「つまーらない池でガッカリしたよ」

それを聞いたら、川に沿って源流を探しに行く旅というロマンが一気に萎んでしまった。知らない方がよかったかもしれない。だが何気なく暮らしてきた地元に対して今までにない親しみを感じ出したのは確かだ。

以前、「口腔を覗けば世界が見える」と説いた歯科医師がいた。口の中もまた小宇宙、歯や歯茎の具合からその人の体全体が類推できる。更にその小宇宙が我々を取り巻く社会状況にもつながっているという。世界を覗く窓は無数にあるのだ。私にとっての窓は目下、走ることである。

「雷鼓」二〇一〇年夏号

青梅でお会いしましょう

その日の青梅の空は穏やかだった。気温七・五度、湿度四四％、薄曇りで無風、マラソンにはうってつけの日和だ。厳寒の中でのレースを予想して防寒準備を整えたが、これはうれしい誤算だ。Tシャツを一枚脱ぎ捨て、長袖シャツの上に「視力障害者」と書かれたビブスを付けてスタート前の行列に加わる。

例年二月に開催される青梅マラソンは今年で四十四回目を迎える。市民マラソンの草分け的存在で、マラソン愛好家なら一度は走ってみたい大会だ。スタート地点は青梅線河辺駅からほど近い商店街の路上とあって、さほど広くもない道路は大勢の参加者に埋め尽くされている。見えたら圧倒されるだろう。盲人の私を安全に導いてくれる伴走の萱橋さんと腕を組んで並びながら、周囲の状況を把握すべく耳に全神経を集中する。これから開始される三〇キロレースの参加者は一万二千人を超えるというが、大半が男性、東京マラソンでは目立った着ぐるみ、仮装姿のランナーはここでは皆無で、随分雰囲気が違う。

それにしてもいい陽気だ。ときおり雲間から薄日が差すと春のように暖かい。どこからかカレーの匂いが漂ってくる。すぐ傍に食堂があるらしい。何だかご町内の防災訓練に並んでいるようなのどかさだ。初の三〇キロレースを前にして武者震いしそうな私には、こののんびりした空気が救いになる。

人波が少し揺らいだ。スタートかと勇み足をしかけると萱橋さんに「まだ、まだ」と止められた。ゴクリと唾を飲む。音声時計は十一時四十九分を告げている。ほどなくスタートの合図が鳴った。だが私達の周辺はすぐには走り出さない。石が投げ込まれた水面に波紋が徐々に広がっていくように行列は緩慢に前進し始める。これが青梅マラソンなのだと思うと胸の高鳴りが更に強くなる。いつかは走りたいと憧れてきた青梅マラソンに、ついに今、参加している。

私が青梅マラソンの存在を知ったのは今から三十年前のことだ。季節は冬、土曜日だった。二十代半ば、視力障害もなく好きな仕事に打ち込んでいた私は妹と買物に出かけ、たまの贅沢のランチと、銀座通りに面した食事処に洒落込んだ。銀座通りが一望できる店のカウンターに腰を据えたとたんにぎやかなマーチが響き渡り、客達がいっせいに窓から身を乗り出した。つられて覗き込むと、華やかなパレードが通りをゆっくり進んでいた。ブラスバンドとチアガールの一隊、オープンカーの上から手を振るアメリカン・フットボールの選手達、大勢の通行人が歓呼し、紙吹雪が舞う。来日中の全米大学チャンピオンチームが日本代表チームと一戦交える前日のデモンストレーションをしていたのだ。

「明日、見に行きますか?」

カウンターの隣に座った三十歳前後の男性が気軽に声をかけてきた。とっさに「いいえ、サッカーに行きます」と答えると、男性は首をかしげ、胸ポケットから手帳を取り出した。

「明日はサッカーの試合ってあったかな?」

どうやらスポーツ記者らしい。急いで付け加えた。

「大田区の市民大会なんです」

その頃、私は社会人の女子サッカーチームに参加していた。六郷土手は縄張りだ。とたんに記者氏の相貌が崩れた。昼食時の暇つぶしに格好の相手と思ったらしく、俄然雄弁にスポーツ談義を始めた。サッカー、野球、実に話題豊富だ。手元の新聞を広げて、今年の青梅マラソンの参加者が一万人を超えたことも話題にした。

「お宅も青梅、走るんでしょ?」

いきなり言われて私は目をパチクリさせた。マラソンなんて一度も経験がない。

「だってお宅、マラソン体型しているよ」

マラソン体型ってどんなですかと尋ねると、要するに凹凸の少ない、グラマーとは対極の体つきだという。苦笑するしかなかった。やがて食事をすませると記者氏は「それじゃあお先に」と立ち上がった。

「じゃあ、青梅でお会いしましょう」

すかさず答えると、記者氏はニヤッと笑って店を出て行った。ただそれだけのことだったが、このランチタイムのひとときは賑やかなパレードの印象と相まって強烈な印象を残した。まだ私が視力障害になる以前の、幸せな時間への感傷かもしれない。

青梅マラソンに出たいという思いは、盲人マラソンを始めた当初からの夢だった。三キロ走るのも青息吐息、下り坂を走れば膝が痛くなる初心者が身のほど知らずもいいところだ。なにしろ青梅へのハードルは高い。青梅線に沿って青梅街道を奥多摩まで往復する三〇キロレースは標高差八五メートル、アップダウンの多いコースだ。しかも季節は二月中旬、気温は零下まで下がる。奥多摩の山に向かって走れば走るほど寒さが厳しくなる。時間制限もきつい。それに加えて道路が狭く、一万人以上の選手が犇く中、単独走でも大変なのに盲人ランナーと伴走者が並んで走りぬけて行くのは至難の業だという。何人かの伴走者に打診してみたが無理だと断られた。

だが二人の強力な味方のおかげで意外に早く青梅行きは実現した。一人は日頃練習につき合ってくれている五藤さん。彼女は人を乗せるのが上手で、一〇キロレースに初出場して喜んでいる私にはっぱをかけた。

「それで満足しちゃダメよ。あと六キロ距離を伸ばせば一〇マイルレースが走れるのよ。来春には出なさいね。それに五キロ足せばハーフ、秋には出られるでしょ。それに九キロ足せば青梅の三〇キロ。そうしたらフルマラソンも目と鼻の先よ」

そんな無茶なと思ったが、五藤さんは更に続けた。

「走れる自信がついてから出ようなんて思ったらいつまで経っても走れないわよ。とりあえずエントリーしてしまえば嫌が応でも走るのよ」

実際その通りだった。私は彼女の筋書き通りのメニューをどうにかこなし、ついに青梅まで辿り着いた。もう一人の強い味方はベテラン伴走者の萱橋さんだ。彼女は、道路が狭かろうと混雑していようと、それなりに工夫すれば走れると断言して伴走を引き受けてくれた。

予想通り、青梅マラソンのスタート前後はお盆の帰省ラッシュのようなランナーの大渋滞だった。押し合いへし合いしながら歩を進めるうちに、私は自分でも意外な己の心の動きに驚いた。うっすらと涙がにじんできて拭っても拭ってもとめどなく頬を伝い落ちてくるのだ。感動しているのか感謝の念なのか、自分自身が不思議だった。

洪水のようなランナーの群れが道いっぱいに溢れながら青梅の商店街を流れていく。青梅は昭和三十年代の風景がそっくりタイムスリップしてきたような町並だ。木造の映画館、市川雷蔵主演の映画のポスター、古風な喫茶店、赤塚不二夫記念館、レトロな雰囲気に思わず足を止めたくなったが、まだレースは始まったばかりだ。後ろ髪を引かれる思いで通過した。

一段と狭い道に入ると、立ち並ぶ電柱に布団が巻かれていた。ランナーの大群衆がぶつかって怪我をしないようにとの配慮なのだ。四十四年間大勢のランナーを温かく受け入れてきた町の心意気が伺える。『帰って来いよ』という流行歌が大音響で流れているのも御愛嬌だ。これから奥多摩に向かうランナー達に、無事に走りきって戻って来いよと激励してくれている。沿道の応援は切れ目なく続く。その中に友人の声が混じっていたのには胸が熱くなった。温かい応援と太鼓の音に送られて、いつしか市街地を抜けた。

山間部に入ると空気が変わる。右手には青梅線が走り、左手には谷川が流れ、前方には奥多摩の山並みが聳えている。その山に向かってアップダウンを繰り返しながら青梅街道をひた走る。ここまで来ると団子状態だったランナーの群れは適当に散らばり、等間隔のペースで流れて行く。谷川のせせらぎが急に大きくなり、汗ばんだ額を針葉樹の香りを含んだ風が吹きすぎていく。青梅を走っている実感が湧く瞬間だ。ここまで一キロ当たり六分半から七分のペースを保っている。このまま最後まで走りきりたい。

一一キロを過ぎると、先頭集団が前方からぼつぼつ戻ってきた。アスファルトを蹴る切れのよい足音が傍らを通り過ぎて行く。一五キロの折り返し点までの距離が着実に縮んできたことがわかる。一緒に大会に参加している五藤さんとも、一三キロ地点過ぎですれ違った。私達を認めて、「頑張って走れ！」と、激励を飛ばして駈け去った。追いすがるように私達も一五キロの折り返し点を回って関門を越えた。第一関門突破だ。

山間部特有の涼しい風が顔に当たる。前方からはドンドロ、ドンドロと激しい太鼓の音が響いてくる。さっき通過してきた神社前の応援団だ。もう一度そこを通過することが妙にうれしい。残りの距離がまた短くなる。沿道で待ち構えていた友人シャムタが人影もまばらになった道路を横切って飴を手渡してくれた。笑って手を振った。

そのまま順調にゴールインしたかったが、やはり三〇キロレースはそう甘くはなかった。往路と同じ道を淡々と辿るうち、二〇キロ関門を過ぎた辺りから左大腿外側に違和感が出て来たのだ。筋肉がチリチリと縮んだまま伸びない。アップダウンの続くコースは思いの外、足にダメージを与える。最後まで足が持つだろうかと不安にかられる。青梅に出ようと決めたときに一番心配だったのは、後半の二つの関門の時間制限の厳しさだった。萱橋さんと相談して、一五キロ関門突破に最善を尽くした。二〇キロ関門もすれすれでクリアしたが、問題は二五キロ関門だ。背後からは関門に引っ掛かったランナー達を乗せた回収バスが追いかけるようにやって来る。あれに乗せられてはたまらない。エイドに立ち寄ってひきつった足を懸命にストレッチし、どうにか走り出すが上り坂で足が効かなくなり、あきらめかけると下り坂になって救われる。悪戦苦闘しながら二五キロ関門を超えた。もうゴールまで関門に引っ掛かる心配はないと安堵したが、それは勘違いだった。

「とにかく走っていればまだ間に合うぞ！」

そんな応援の声が飛んできて眩暈がしそうになった。ゴールにも時間制限があるのか？後で資料を読み返したら確かにゴールは三時四十分までと明記してあった。迂闊にも読み落としていたのだ。見えない目で前方を見つめながら途方にくれた。とにかく走り続けるほかない。硬くこわばった両大腿を叱咤しながらのろのろと走り出した。

二六キロ付近で聞き覚えのある声がした。盲人マラソンクラブの友人だ。青梅街道沿いに自宅があると聞いている。見えない観客に向かって手を振った瞬間だけ足がシャンとした。残りは四キロ、最後のエイドに立ち寄って足のエネルギー補給になりそうなものを片っ端から口に放り込む。溺れる者は藁をも掴むの心境だ。周囲の応援の声が一段と高まってきたのは、残りの距離が減ってきた証拠だろう。最後の踏ん張りどころだ。声援に応える余力はなく、ひたすら腕を振る。萱橋さんが私の分まで四方八方に手を振って応えてくれている。

「伴走者、頼んだぞうっ！」

一段と大きな声援が飛んできた。伴走者をねぎらってくれている。

最後の上り坂に差し掛かった。足はデクノボウのように惰性で上下し、両手の先は痺れて感覚がない。それでもまだ走っているのが不思議だ。やがて布団を巻きつけた電柱が並ぶ横丁に戻ってきた。『帰って来いよ』の曲が流れていたのはこの辺りだったか。三時間前は溢れるほどの人波に埋め尽くされていたが、今はわずかな足音が響くだけの侘しい夕暮れの町だ。

無事に戻ってきたねと萱橋さんが明るく言う。元気にここを出発していったのは遥か昔のことだったような気がする。沿道からは盛んにあと二キロ、あと一キロという激励が飛んでくる。もうすぐすべてから解放されるのだ。最後の力をふりしぼり、できそこないの操り人形のように手足を動かした。

ここで奇跡が起きた。あと五〇〇メートルという声が聞こえた瞬間、足腰に力が蘇ってきたのだ。人間の体力というものは限界を超えても余力が残っているらしい。手足を大きく振ってゴールラインを越え、更に走り続けてからゆっくりふり返ってゴールに向かって深々と頭を下げた。

「青梅でお会いしましょう」
冗談めかして見送った記者氏の姿が頭をよぎった。まさかここで彼に会えるとは思っていないが、三十年来の借りが返せたような胸のすく思いがしたのは確かだった。

「文章歩道」二〇一〇年夏号

ビッグアップルの宴

人生は予測のつかぬことの連続だ。だから面白い。スタッテン・アイランドに向かうバスに揺られながら不思議な感慨に浸っていた。バスは私達をニューヨーク・マラソンのスタート地点へと運んでいく。この私があと数時間後には二〇一〇年度ニューヨーク・マラソン大会のランナーとしてアメリカの大地を走っている。夢のような話だ。

イラストレーターとしての野心を抱いてこの街を訪れたのは三十年前のことだった。足掛かりを掴んで夢を膨らませたものの、視力障害を起こして全てがチャラになり、二度とこの街に来ることはないだろうと思っていた。こんな日が巡ってくるとは人生、捨てたものではない。

時刻は朝の六時を回ったばかり、四時起きした頭はまだ覚醒し切っていない。夕べは十時に床に着いた。目覚ましは四時にセットしたが、丁度昨日でサマータイムが終わり、今日、十一月七日から通常の時間に戻ったので一時間得をしている。それでもほとんど眠れなかった。時差ボケなのか、ビッグイベントを前に興奮しているのか、寝返りばかり打っているうちに夜が明けた。

「お勧めはブルックリン橋を向う側に渡って橋の袂からマンハッタンを眺めることですね。マンハッタン全体が見渡せて、まさしくビッグアップルという印象ですよ」

隣の席では友人のユカさんが同じツアー仲間に説明している。彼女がそもそものきっかけを作った張本人だ。ウマの合う伴走者だったユカさんは去年の秋にニュージャージーに転勤し、直後にニューヨーク・マラソンを走った。

「私がアメリカにいる間に是非いらっしゃいね」

そう言われててっきりニューヨーク・マラソンを一緒に走ろうと誘われたのだと早とちりしてしまった。その時の私はまだマラソンを始めて一年半、ハーフ・レースすら走っていなかったが、一念発起して練習に励み、どうにかフルを走れる状態にこぎつけたのだから早とちりも悪くはない。

約一時間でバスはスタート地点の野原に到着した。どこまでも続く広大な敷地は米軍基地だ。四万六千人のランナーを収容するにはこのくらいの広さが必要なのだろう。マンハッタンを出発したのは薄明の中だったが、今はすっかり日が高く昇っているとユカさん。

これから約三時間、野原の吹きっさらしの中で寒風に耐えながらスタートを待たねばならない。ユカさんの体験によれば、スタートを待つ間、ランナー達は古着を着込み、ゴミ袋を被って寒さを凌ぐのだという。スタートと同時に脱ぎ捨てられた山盛りの古着は、ボランティアが拾い集めてホームレス達の元へ運ぶ。なかなか合理的だ。

今回の参加は障害者ランナーの支援組織「アキレス」の東京支部に入会し、そのツアーに加わった。おぼつかない知識で参加したが、渡米してからアキレスのスケールや社会性の大きさに驚いた。一般ランナーとあまりにも待遇が違う。スタート地点までの交通は不便で、一般ランナー達は非常に苦労するそうだが、アキレスはマンハッタンの中心部から専用バスを運行してくれる。一般ランナーがスタートまで野外で寒さに耐えているときも、アキレス会員は専用の大型テント二基の中で熱いコーヒーやベーグルのサービスを受けることができる。その上東京支部はおにぎりを調達してくれている。四二・一九五キロの長旅を前に、米飯で腹ごしらえができるのは心強い。トイレも一般用とは別に、テント横に車椅子用の大型トイレが設置されている。これだけでもアキレスの政治力が推し量れるというものだが、更に世界中のアキレス会員が集う交流パーティやディック会長主催の昼食会も用意されていたのだから至れり尽くせりだ。

この組織「アキレス」が発足したのは約三十年前、ニューヨーク・マラソン史上初めて義足と松葉杖で走る障害者ランナーが登場して全米の注目を集めたのがきっかけだったという。その勇気とファイトに感動した障害者達は彼に続けとばかりに奮い立ち、大勢の人々が寄付を送り、翌年にはそのランナー、ディック氏を会長とするアキレスが発足した。以来、アキレスはニューヨーク本部を中心として世界中に活動の輪を広げている。

たいした予備知識もなくニューヨーク・マラソン参加を決めてしまった私だが、その後、聞こえてくるのは大会を絶賛する声ばかりだった。アキレスでは盲人ランナーに三人の伴走者を付けてくれるという優遇措置も含め、大会全体が温かみのある、とりわけ障害者への配慮がある素晴らしい大会だというのだ。

「日本では、一般ランナーの邪魔になるからと参加を断わられることが多いけど、ニューヨーク・マラソンはアーリースタートをさせてもらって楽しく走れるんですよ」

毎年参加している足の不自由な女性がそう語っていた。車椅子やハンドサイクルで参加する人、義足の人も堂々と走り、一段と熱い声援を受けている。そんな話を聞くと、やはりアメリカは豊かな国だと思う。日本も最近はバリアフリーが浸透しつつあるが、アメリカのそれはもっと懐が深い。

テント内でおにぎりをパクついていると、たった今、車椅子レースがスタートしたと仲間達が興奮気味に報告にきた。低い車体の特別製車椅子の群れが一斉にスタートする様はすごい迫力だったという。それから二時間も経たないうちに車椅子の先頭集団がゴールしたという一報が入った。我々がスタートを待っている僅かの間、呆れるようなスピードだ。思わずニューヨーク・マラソンの全行程を脳裏に描いた。州の五つの地区をくまなく巡る四二キロ、車椅子はそこを弾丸のように走り抜けて行ったのだ。果たして私は何時間かかるだろうと考えると、胃の辺りがざわついてくる。

九時四十分を回った。ニューヨーク・マラソンは四万六千人が一斉にスタートするのではなく、三つのグループに分かれ、一時間の間隔を開けて時差スタートする。私達は第二グループの九時四十分組だ。行列はしたものの、その時間が過ぎても一向に動き出す気配がない。傍らの簡易トイレから臭気が漂ってくる。ウンが付くかも、と冗談を言い合う。一秒の狂いもないほど統制のとれていた東京マラソンに比べ、何ともイージーな大会だ。野原のただ中で風に吹かれながら小鳥の囀りを聞いていると、ピクニック気分になってくる。天気は快晴、空の色が違うとユカさんが言う。日本の青空とは色の濃さが違う。どこまでも続く草原、その上空に広がるあきれるほどに高い丸天井、地球の大きさが実感できそうだ。

十時十分過ぎ、いよいよ行列が動き出した。伴走者に左右から支えられて雑草混じりの大地を蹴りながら進んで行く。少しでも近道をしようと人込みを抜けて行くのでどんな道を通っているのか見当がつかない。ジャケットを脱ぎ捨てながらザクザクと足音を立てて進んで行くランナーの群れはさながら避難民の大移動といったところか。早朝の身を切るような寒さはいつの間にか背中を暖めてくれる優しい日差しに変わっている。やはりこれはピクニックだ。

歩きから小走りに次第に足取りが早まり、それに連れて横一列に並んでいた三人の伴走者はあらかじめ決めていた通りの持ち場につき、これからの長い道中に向けての態勢を整え出した。現地在住のリエさんは先導役、前方のエイドやトイレの場所を伝え、水やゲータレードを早めに取り分けてくれたり、日本人応援団と携帯電話でやりとりをする役目、友人のユカさんは最初の伴走者で、私とロープで手をつなぎ合っている。サブ伴走のアイちゃんは去年も伴走者としてツアーに参加した経験者、横に付きながら何かと助言を与えてくれる。

快調に走り出して間もなく、最初の上り坂が始まった。イーストリバーを挟んで対岸のブルックリン地区に渡るベラザノ橋に差し掛かったのだ。全米一の長さを誇る二階建ての巨大な吊橋、ベラザノ橋はとてつもなく長い。一階と二階に別れて渡るのでランナー同士が接触する危険性はなく、意外とスムーズに走って行くことができる。

「ゆっくりよ、ニコニコペースでね」

アイちゃんに言われるまでもなく、私は用心深く抑えて走る。後から来たランナー達にどんどん追い越されても気にしない。スタートしたばかりで誰もが元気いっぱいだ。英語、イタリア語、スペイン語、様々な言葉が飛び交っている。大声で笑いながら傍らをすり抜けていく男性もいる。

「あの海の色はフランス国旗の青だぜ、ハッハッハッって言ってる」

ユカさんが通訳してくれた。ニューヨークの玄関口と評されるイーストリバーの河口付近は川というより海だ。クルーズ船やコンテナ船が幾艘も浮かんでいる姿が橋の上から見下ろせるという。晴れ渡った空に青い海の色が映えるのだろう。あのフランス人でなくても陽気な気分になってくる。

橋の半ばを越えた頃、ユカさんは右前方にコニーアイランドが見えると教えてくれた。ブルックリンの最南端にある江ノ島に似た小島だ。知っている。三十年前、私もそこの遊園地を訪れた。植草甚一のエッセイに惹かれてのことだったが、やたらと有色人種の多い所だった。それも遠い昔の話だ。コニーアイランドの向こうには今も大西洋が果てしなく広がっているのだろう。

長い長い橋を渡り終えると三・二キロ地点、ブルックリン地区に入っていた。いきなり怒涛のような歓声に包まれる。噂に聞く熱狂的な応援とはこれか！　有色人種が多く住んでいる地区という先入観があるせいか、声援も応援の演奏もどこか泥臭い気がする。私達のいでたちはお揃いのアキレスの蛍光グリーンのTシャツと、ゼッケンに並べた私の名前「EMI」のカード。観客はこれを見てランナー達を名前で応援してくれるのだ。エーミー、エーミー！　の呼び声が上がるうれしさに大きく手を振り、サンキュー、サンキューを連発しながら走る。無邪気な子供の声でエーミー！　と呼ばれたときは胸がじーんとした。

ブラジル人の一団が背後から追いすがってくると、前方で待ち受けていたブラジル人達が歓声を上げた。抱き合ってはしゃいでいるその賑やかさ、ここはサンバ・カーニバルの会場か？　警備のポリスまでが陽気な声で応援している。この緩さがいい。

緊張感が消え、全身が汗ばんできた。トイレ休憩をとって二枚重ねに履いていたズボンを一枚脱ぎ、大型のゴミ箱に捨てた。叔母の形見の品だったズボンだ。ホームレスの誰かが使ってくれるだろうか。

一〇キロ地点からメインの伴走がアイちゃんに替わった。彼女のリードは手堅い。去年も伴走を務めた経験からか、とにかく飛ばすな、ニコニコペースで楽しんで行くのよと繰り返す。先導役のリエさんも時計を睨みながらペース配分を計算している。

「日本人応援団が待つ二四キロ地点に着いた時、まだ元気だったら必ず完走できる」

予言のようなことを言っている。大丈夫、私は絶対に完走する。そう自分に言い聞かせる。

ブルックリンを北上するにつれ道幅が狭くなり、その分だけ応援がより身近になってきた。ハシドという古風なユダヤ教徒の居住区がある地域に差し掛かった。彼らは日曜日には正装して教会へ行く。その足で応援に来ているらしい。ユカさんの説明によれば、男性は山高帽にダブルのスーツ、八の字髭と両耳の下からカールした一房の髪を垂らしているのが特徴、女性も古風な服装で、前世紀的な生活習慣を守り続けているという。にもかかわらず違和感なくこの街の景観に溶け込み、楽しげにマラソン応援に参加しているところが面白い。

ブルックリンからクイーンズ地区へ、そしてクイーンズ地区の倉庫街を抜けるといよいよ二四キロ地点が近づいてきた。途切れることなく続く応援の声の中をひた走るうちに、前方にひときわ鮮やかな日章旗が見えてきた。懐かしい友人に出会った気分だ。手を振りながら駆け寄ると、応援団に加わって待ち受けていた妹が飛び出てきて私に抱きついた。

「えらい、えらい！　よく頑張った」

声を弾ませて激励する。元スチュワーデスの妹は英語が達者で海外事情にも詳しいので、当然のように同行を頼んだ。久しぶりに海外に出た妹は張り切って身の回りの世話をしてくれたが、その有難さを痛感したのは渡米二日目のことだった。

その日は朝からツアー参加者全員でセントラルパークまで下見に出かけ、ランニングの後ホテルに戻るという日程だった。ホテルに引き上げて息つく暇もなく私と妹はダウンタウンに散策に出かけた。短い滞在期間をフルに活用しようと意気込んで三〇ブロックも歩いた。チェルシーマーケットで昼食にありついたのは三時を回っていた。ろくに朝食も食べていないすきっ腹にいきなり大量の食物を詰め込んだのが祟ったか、食事を終えて間もなくみぞおちから背部にかけて鈍痛が走り、冷や汗が吹き出てきた。長旅の疲れと時差ボケ、前日の昼食の粗悪な油で胃がもたれていた上に、深夜にジャズのライブを聞きに行って睡眠不足だったこと等、悪条件が重なって貧血を起こしたのだ。元々あまり丈夫ではない私は無茶をするとこういう発作を起こす。

路上の椅子の背にもたれて目をつぶり発作が治まるのを待ったが、警備員にどやされてしぶしぶ立ち上がった。頭からスッと血が引いたと思ったが、私の名を呼ぶ妹の声にふと気づくと長々と路上に伸びていた。親切な通行人達が取り囲んでしきりに声をかけてくる。それは有難かったが救急車がやって来たのには慌てた。大丈夫と訴えたがもう遅い。観念して一通りの検査を受けた。脈拍が異常に少ないので病院に行こうと言われ、妹が必死でこれはスポーツ心臓だ、姉はマラソン・ランナーなのだと説明して、どうにか病院行きは免れた。

ホテルに帰ると妹にお小言を食らった。

「ちょっと長旅を舐めてたね。今回の目的は初のフルマラソンなのだから、しっかり養生しなきゃ」

そして胃に負担のかからない食事を食べさせようと巷を駆けずり回り、韓国料理屋の「ジャパニーズうどん」を調達してきた。

そんなアクシデントの後なので、妹は私が無事に走り通せるか気掛かりだったのだろう。背中を叩いて送り出してくれた。

間もなくクイーンズ・ボロー橋に差し掛かった。ここを渡るといよいよマンハッタンだ。サイモンとガーファンクルの『明日に架ける橋』のレコードジャケットにも使われた二階建ての巨大な橋は、ニューヨーク・マラソン中盤の難所だ。マラソンのコースは以前はトロリーバスが通っていた一階部分だが、勾配のきつい上り坂がうんざりするほど延々と続いている。頭上が天井で覆われた閉塞感のあるコースを走っていると、他のランナー達の荒い吐息が谺《こだま》してくる。歩いている人も多い。ハンドサイクルのランナーが苦しそうに登って行くのを追い越しながらゴー、ファイト！　とエールを送ったが、下りにかかったらたちまち追い抜かれ、追いつ追われつを繰り返した。この大会は本当に障害者ランナーが多い。義足ランナーも何人か追い抜いたが、彼らは悪びれる様子もなくマラソンを楽しんでいた。参加者も応援もひたすら全力を尽くし、汗を流し、声を限りに叫んでいる。その熱狂の中では人種の違いも障害の有無もない。

橋の末端は独特の螺旋状の坂道になっている。そこを下るといよいよマンハッタンだ。大会中、最も華やかと言われる一番街をまっしぐらに北上していく。沿道を埋め尽くす群衆も更に厚みを増し、声援というよりも轟音のような歓声が押し寄せてくる。ニューヨーク・マラソンを走っている実感が湧いてくる一瞬だ。すでに全行程の三分の二を超えた。メインストリートの応援の嵐に包まれながら、先頭集団は一体何時間前にここを通過していったのだろうと考えた。朝から熱い声援を送り続けている観客はいい加減疲れ果てているのでは？　それでも海外から来た鈍足のランナーにも声をふり絞ってエーミー、エーミーの声援を送ってくれる。手を振って答える体力がなくなったので、サンキュー！　と声だけ張り上げて答える。

どの辺りからか大柄なアメリカ女性が「後ろは私が守ってあげるから、三人並んで走りなさい」と仲間に加わってきた。どうやらアキレス本部の人らしい。タフな女性で、周囲の群衆に向かって「応援が足りない」とばかりに手を叩きながら拍手を要求した。この大会ではテロを警戒してエイドでは食べ物は一切出さないので食料を携帯している。エイドに立ち寄ったとき彼女に持参した梅干しを差し出すと、ウミボシ！　と喜んで食べてくれた。

ラップミュージックが大音響で鳴り響く三〇キロ過ぎの路上で、ユカさんが突然「あっ、いた！」と叫んだ。去年、彼女は単独でこのレースに出たがエイドの事情を知らず、空腹で死にそうになったという。そのとき目前にぶら下がっていたのが「おにぎり、あります」という看板、地獄に仏、おにぎりを貰って完走することができた、もう一度会えたら是非御礼が言いたいと思っていたら、またその看板があったというのだ。ユカさんは嬉々として走り寄って御礼を述べた。ちょっといい話。

一番街の最北端から対岸のブロンクスへ通じる橋を渡る。ここは普段は非常に治安が悪く、旅行者は絶対に立ち入るなと言われている。丁度昔のハーレムのような危険地区だ。今のハーレムは再開発で安全な街に生まれ変わったが、結局そこから押し出された貧しい人々がブロンクスへ追いやられた。わずか一・六キロほどのコースだが、ランナーに精一杯声援を送ってくれる住民達の熱気は他の街と変わらない。ゴー、エーミー！　ゴー、アキレス！　他の地区と同様の温かい声援が飛び交う。

再び橋を渡ってマンハッタンに戻る。もうゴールまで一〇キロもない。だがこれからが胸突き八丁だ。ハーレムを通過し五番街を南下していくと、ユカさんが道路際の病院を見つけて、メアリーさんの病院に違いないと教えてくれた。メアリーさんは昨日、ディック会長主催の昼食会で出会ったアメリカ人女性だ。筋肉が萎縮する難病で車椅子を操って会場にやって来た。席が隣同士だったので言葉を交わすうちに話が弾み、食事が終わってからもロビーで延々と談話した。彼女は日本語が堪能で、ユカさんと妹は英語が得意、私だけが幼稚な英語を交えての会話だったが、心は通じ合い、涙ながらに夕暮れまで語り合った。

五番街の最北端にあるその建物はメアリーさんの入院している病院に違いない。とてもリッチな造りだというその建物の窓の一つからメアリーさんが私達を見守ってくれているような気がして、疲れ果てた体に力が蘇ってきた。

五番街のダラダラ坂を上り続けるうちに右側はセントラルパークになり、それに沿って走り続けた。三〇キロから再び伴走ロープを握ったアイちゃんがレース終盤のリードを取る。上り坂は疲れた足にひどくこたえる。歩いているランナーもけっこういるが、私は青息吐息で走り続ける。

「同じ完走するのでも、走り通すのと途中で歩いてのそれとは全然違うのよ」

アイちゃんに何度もそう言われて私は機械的に頷く。手足をふり続けてはいるものの、意識は朦朧として殆ど思考力がなくなり、おまけにたまらなく空腹だ。それでもアイちゃんに引っ張られながら幾人かのランナーを追い抜いた。路上では黒人らしき男性が大声で叫んでいる。ゴー！　ファイト！　ガッツ、ガッツ！　サンキューと答える元気はない。

口の中でもぐもぐ答える。

とうとうセントラルパークに入った。マンハッタン島の核のような細長い公園だ。残りわずか四キロ足らず、とうとうここまで来た。だが異常に眠い。空腹感だけが増している。考えてみればスタートからすでに六時間が経過、体力も気力も限界に近い。きっと周囲は薄闇に包まれ始めているだろう。公園にしてはアップダウンが多く、巨大な岩がところどころに突き出ている。その昔、英国から渡って来た移民達が見たこの島はどんなだったろう。その時代の先住民が今の私達を見たら何と言うだろう。白いの、黒いの、黄色いの、多種多様な人間達が死に物狂いで走っている。こりゃあ見ものだと笑うだろうか。

セントラルパークの南門を一旦出て再び西門から入ると間もなくゴールインだ。一昨日の下見で来賓席に向かって手をふりながらゴールする練習をしたが、そんな余裕はない。ゴール近くで待ち受けていた日本応援団や妹の声援に最後の力をふり絞って笑顔を向けるのが精いっぱいだった。

「最後は笑顔でゴールしましょうね」

アイちゃんの声に、リエさん、ユカさんも横一列に手をつないでゴールした。

終わった、終わった！

全ての思いが全身から消えうせていく。傍らで涙を浮かべているアイちゃんに抱きつくように体を支えてもらい、ユカさんが差し出してくれたリンゴにかぶりついた。乾き切った喉に酸味の強い果汁が沁み透っていく。ビックアップルの味だ。ガツガツとほおばり、噛み砕き、飲み込んだ。

「文章歩道」二〇一一年春号

浪速の秋にチューリップ

帽子の上にチューリップが植わった植木鉢を乗せて走るというのはどう？ 大群衆の中で目立つには、衣装よりも頭上に何か目立つ仕掛けをした方が効果的という友人シャムタのアドバイスに添って、東京マラソンに出るためのコスプレを考えた。私の馬鹿げたアイディアに大笑いしながら、シャムタはイメージ通りの帽子を器用に作ってくれた。赤い布製の帽子にプラスチックの植木鉢を乗せ、その真ん中に造花のチューリップが立っているという代物だ。果たしてその帽子は仲間達にも応援団にも大受けし、大勢の人に笑ってもらうことができた。

その帽子を今度は第一回大阪マラソンで被ることにした。大阪マラソンは現在のマラソン・ブームに火をつけた東京マラソンの盛況ぶりに橋本知事が着目して企画された大会だ。大阪市内の観光名所をくまなく巡り、南港の埋立地、コスモ・スクエアにゴールするという設定も魅力だが、規模も三万人というビッグ・スケールだ。当然、全国から五・五倍の応募があった。私は幸運にも当選し、マラソン仲間二人とともに参加することになった。

奇しくも今年は三月に東日本大震災があり、第一回大阪マラソンはその支援も兼ねる意味合いが強くなった。被災地の参加者はエントリー料を取らないという。我が茨城県も被災県に入るが、私の住む県南地域は殆ど都内と同じ程度の被害だ。無料参加は少々気が引ける。この温情への感謝と大阪への敬意を表して、どうせ馬鹿をやるなら三人一緒にと仲間の五藤さんと萱橋さんも揃ってチューリップ帽で走ってくれることになった。東京でも受けた帽子、三人揃えば笑いも三倍、しかも場所は笑いの本場、大阪。きっと大受けするだろうと意欲満々で大阪入りをした。

伴走者に誘導されての盲人マラソンに手を染めて四年、少しずつ走力を伸ばして去年は初のフル・マラソンを青息吐息で完走した。それから一年、三度目のフル・マラソンだ。日頃練習につき合ってくれている五藤さんに伴走を御願いしたところ、五時間切りを目指そうと練習メニューを立て、夏場の暑さの中も厳しい練習につき合ってくれた。その成果が問われるレースだ。一方で関西は私が十代の頃過ごした懐かしい土地でもある。今はもう御堂筋も中ノ島も肉眼で見ることはできないが、自分の足で走れば記憶の片鱗に触れることができるかもしれない。チューリップ帽はそんな私のモチベーションを上げる格好の小道具でもあるのだ。

大会当日の天気が気になっていたが、幸い朝は曇天だった。スタート地点の大阪城公園近くのホテルに前泊して、すぐにも走れる出で立ちで大阪城公園に向かう。十月末の大阪は熱からず寒からず、雨粒がほんの少し落ちてくるが、時折吹いてくる微風は心地よい。私は強力な晴れ女だ。どうかゴールするまで降らないで欲しい。

大阪城の石垣は皇居のそれよりずっと立派だと堀に沿ってスタート・ブロックに向かいながら五藤さんが言った。贅沢好みの豊臣秀吉と倹約家の徳川家康の人間性が出てるのかもねと笑い合う。内堀だけでもこの広さ、外堀が残っていたらどれほど広大だったろう。その石垣に沿ってランナーの行列がうねうねと続く。場所が広いだけに、三万人のランナーが居並んでいるとは思えない余裕だ。

スタートの合図が鳴った。大群衆が巨大なうねりとなって城の外苑を巡り、市街地へと雪崩出て行く。割合、前列からスタートできた私達もその流れに乗り遅れないよう死にもの狂いで走る。伴走ロープを握り合う五藤さんはかなり飛ばしている。下り坂が続くせいか、キロ五分台のペースだ。今、五分を切ってるわよと言われたときは顔がこわばった。こんなハイペースで走っては最後まで持つかどうか自信がない。だが激流のような群衆の中で立ち止まることもできず、緊張で全身がコチコチに固まった。後で五藤さんに、絵美はすごく怖い顔をしていたと指摘された。

ランナーの群れは難波から御堂筋を北上し、中ノ島へと向かう。大阪で最も美しい箇所だ。並走する萱橋さんに風景を説明してもらうと、四列並んだ銀杏並木がまだ紅葉せず、青々と茂っているという。そうだ、ここはヨーロッパ風の立派な並木道だった。そこを埋め尽くして走る自分達を想像すると心が躍る。沿道の応援も一際賑やかになってきた。笛太鼓の軽快な御囃子と割れんばかりの声援がごうごうと渦を巻く。三つのチューリップ帽へのエールもはっきり聞こえる。

「チューリップ！　がんばりや！」

「チューリップ三人娘！　かわゆいで！」

ひっきりなしに飛んでくる声援は、いかにも大阪らしいユーモアに溢れている。かしまし娘！　という呼び声にはのけぞったが、走り続けている間中切れ目なく続くチューリップ！の唱和には胸が熱くなり、涙が溢れそうになった。走る側も見物する側も真剣に楽しんでいる。やっぱり大阪人は熱い。

応援の後押しを受けながら大阪の街を縦横に走り抜けて行く。どこまで行っても人の波が絶えない。京セラ・ドームを折り返すと二一キロ地点を超えた。二時間一分、目標タイムにほぼ近い。後半落ちてきても、もう大丈夫と五藤さんは余裕だ。伴走しながら沿道の応援団にしきりにおじぎをしている。

「もう、本当に皆様のおかげで」

出来の悪い子供の手を引く母親さながらだ。サブ伴走の萱橋さんはビルの上階からの声援に、おうおう！　と大きく手を振って応える。余裕のない私は、前を向いて黙々と走りながら口の中で感謝の言葉を唱えた。

いくつもの橋を渡りガードを潜るうちに街の様相は繁華街から下町商店街へと移っていた。熱狂的な声援は変わらないが、道幅が狭くなった分だけ応援がより身近に感じられる。三〇キロ過ぎのエイドでは山盛りの御馳走が待っていた。いなり寿司、巻き寿司、葛饅頭、ドラ焼き、各種漬物もどっさりだ。五藤さんはエイド担当者に柚子大根のレシピを聞いている。まるで主婦の会話だ。

風に潮の香りが混じってくるとゴールも近い。南港大橋を渡るとゴールまで残り二キロ、一息ついてストレッチをした。四〇キロを走り続けた大腿はコチコチにこわばっているが、まだ大丈夫、まだ走れる。気合を入れ直して大橋の坂道を駆け上って行くと沿道から、「もう少しやで、頑張りや！」というオバチャン達の力強い声が飛んできた。上り切るとコスモ・スクエアだ。一層の声援に包まれてラスト・ラン。三人揃って笑顔でゴールした。実況放送の女性アナの明朗な声が頭上から響いてくる。

「チューリップ三人娘が見事に大輪の花を咲かせました！」

娘と呼ばれるには気恥ずかしいが、四時間四十九分、目標達成に歓喜の声を上げて仲間二人と抱き合った。

更衣室でゆっくり帽子を脱ぐ。頭上で揺れ続けていたチューリップはくたくたになっていた。祭りの熱気の中を通過しながら、この花は御神輿の頂上に飾られた鳳凰のように誇らしげに輝いていたのだろう。

「雷鼓」二〇一一年冬号

名古屋でピクニック

雨続きで肌寒い関東を脱出して名古屋へ到着すると、一足早い春が待っていた。雲一つない青空と穏やかな春風、こんな晴天は何日ぶりだろう。二〇一一年三月十一日午前九時、名古屋ドーム周辺には総勢一万五千人のランナーがスタートを待ちかねるように犇めいていた。レース前特有の期待と緊張感がないまぜになって漲っているが、どこか柔らかいのは集まっているのが女性ばかりだからだろう。去年まで『名古屋国際女子マラソン』として名を馳せた大会が、今年から「名古屋ウイメンズ・マラソン」と名称を変え、一般の女性一万数千人も参加できる市民マラソンに生まれ変わった。マラソン・ブームとはいえ、どの大会もメインは男性、女性ランナーは二割もいない中、女性ランナーのみの大会とは画期的だ。さっそく参加を決めた。

女性だけのレースはさぞかしお洒落だろうと想像した通り、会場は一面の花畑のように華やかだった。これでは名古屋に一足早い春が来るわけだ。私と伴走者の萱橋さん、サブ伴走のチャメコの三人も春らしい帽子を揃えた。花畑に蝶が舞い飛んでいるイメージで友人のシャムタが特別に誂えてくれたもので、黒のカンカン帽に色とりどりの花を飾り、その上に四羽の蝶を針金で立たせてある。走る度に蝶がポワポワと頭上で揺れるという趣向だ。

だが開会式は春ののどかさよりも一年前の東日本大震災への黙祷を捧げるという静かな祈りから始まった。一転してスタートの合図が轟くと、花火が上空で炸裂し、先頭のエリートランナー達が一斉に飛び出して行く。一気にお祭気分が盛り上がる。私たち一般ランナーも先頭集団に声援を送りながらそろそろと動き出した。足踏みから次第に早足に、そして自分並みの速さに。ドーム周辺から表通りに出ると、更に沿道の応援の声がわっと押し寄せてくる。ワッショイ、ワッショイ、今日は女性のお祭だ！　否が応でも気分が昂まる一瞬だが、実は私はその浮かれ気分に乗り切れない不安を抱えている。一か月前から左足脛を故障しているのだ。ただの筋肉痛かと思ったらどんどん悪化し、走るのも辛くなってきた。疲労の蓄積からくる骨膜炎らしいとわかったのは最近で、湿布や鍼治療をしたがなかなか効果が出ない。夕べも名古屋の宿の部屋で足を摩りながら夜を明かした。

「今日はゆっくり楽しんで走ろうね」

次第にペースが上がってくるランナーの群れの中で、私は一足ごとに痛みの走る左足を庇いながら、伴走の萱橋さんにそう念を押した。あまりスピードを出されると足が持たないかもしれない。萱橋さんはオーライ！　と笑って頷いた。彼女とはもう四年のつき合いだ。ベテラン伴走者で、私の走力を誰よりもよく飲み込んでいる。足の不調は彼女にもチャメコにも、夕べ同じホテルに泊まった盲人マラソンの仲間達にも打ち明けていないが、萱橋さんは私の走りがいつもと違うことに気づいたかもしれない。

今回のレースは当日まで困難続きだった。去年の暮れに母が転倒して骨盤を骨折して以来、その介護をしながら仕事と家事をこなす生活が続いている。最近の私は心身ともに余裕がない。更に一週間前に母が自病の眩暈を起こした。これは暢気にマラソン遠征などしている場合ではないと参加を断念しかけたが、幸い母はほどなく回復し、大阪の妹が留守を守りに来てくれることになって一件落着した。残るは自分の足のコンディションだ。

「すごい広い道路ですよ！　片側四車線！　名古屋ってお金持ちなんですね！」

私の右側に寄り添って走りながらチャメコがしきりに感心している。相当広い道路だということは視力がなくてもわかる。いつものレースほど周囲のランナーが接触してこないからだ。広く平板な道路を女性ランナー達が穏やかに走っていく平和なレースだ。沿道の応援は熱狂的で、女ばかりのレースを男が声援で支える、そんな印象だ。花と蝶々帽への賛辞も聞こえてくるのが何ともうれしい。萱橋さんのリードは的確で、一キロごとに教えてくれるラップ・タイムは見事にキロ七分をキープしている。このペースで最後まで行きたいものだと切実に思う。

七キロを過ぎた頃、折り返して反対車線を戻ってくる先頭集団とすれ違った。オリンピック候補選手達だ。誰がトップだろう？　自分がレース中だということを忘れ、アスファルトを蹴る威勢のよい足音に向かって叫んだ。

「頑張れ、みずき！」

一キロ三分の足の持ち主達は瞬時に走り去って行った。その足跡を追うように右折、直進、折り返して左折すると、もう一〇キロ地点だ。あと三〇キロ、頑張らなければ！　スッと後ろから上がってきた人が、「その帽子、すごくきれいね！」と並走しながら声をかけてくれた。すかさず萱橋さんが、「おねえさんのウエアも可愛い」と返す。走りながらお互いを讃え合っている。工夫を凝らしたウエアを鑑賞するだけでも楽しい。大半のランナーはお洒落、キュート、プリティと来るが、中には迷彩色のアーミールックに身を固め、機関銃を背負った女兵士風やら獅子の髪を逆立て、唐草模様のマントを靡かせて走る者もいる。傑作だったのは頭上に金のシャチホコを載せた名古屋ならではのシャチホコ・ランナー。大柄な体でぐんぐん飛ばし、遥か前方へ姿を消しても頭上のシャチホコだけが群衆の上をホコホコと泳いでいたことだ。その後にもシャチホコを載せたランナーは何人も出没した。流石は名古屋、極めつけは応援の男性、頭は天守閣、胴体は石垣という出で立ちで体全体が名古屋城になり切っていた。笑って走ったおかげで足の痛みはどこかに忘れた。

さっきの道を戻るコース上で、私たちより一時間後にスタートしたハーフ・マラソンの一群とすれ違った。フル・マラソンと同じコースを二一キロ地点まで並走して行くのだが殆どが男性ランナーばかりだ。

「男ばかりのレースってウエアは地味だし、殺気立ってて不気味！」

チャメコがさかんにそう宣う。その光景が想像できて可笑しい。

やがて一五キロ過ぎ、進路は大きく左に曲がった。これから駅周辺の繁華街を巡って名古屋城公園から再び同じ道を辿ってドームにゴールするが、ハーフは途中の瑞穂運動公園がゴールだ。後ろから追い着いてきて道路いっぱいに溢れていた男性ランナー達は右折して消えていく。コース上はまた女ばかりのゆったりとした雰囲気に戻った。私達のゴールはまだまだ遠い。

この大会の特色の一つは、完走賞がメダルではなくティファニーのネックレスということだ。メダルよりもお洒落で実用的、しかも「イケメン・タキシード隊」と称する男性達がそれを手渡してくれるというから笑ってしまう。明らかに男性スタッフの考えではない。

女性のアイデアだろう。

右手に名古屋城を仰ぎ、右折、左折を繰り返しながら距離をこなしていく。足を労わるためにまめにエイドに立ち寄って水分やバナナ、パンなどのエネルギー源を補給する。名古屋名物ウイロウもある。

「何だかレースというよりピクニック気分だね」

トイレ休憩を取りながら萱橋さんが笑う。女性ばかりの和やかな雰囲気、その上に私に合わせてのゆっくりペース、伴走の二人にとっては確かにピクニック気分だろう。だが足に爆弾を抱えた私にはピクニックどころではない。足首の向きを変えたり、あの手この手で紛らわせてきたが、二七キロを過ぎて限界が近づいてきた。偶然、同じ盲人マラソンクラブの仲間で盲聾ランナーのカーヨさんが道端で伴走者に足の手当てをしてもらっているところに行き合わせた。消炎スプレーをかけてもらい、マッサージを受けている。足が攣っているらしい。傍らを通り抜けながら声をかけたが反応がない。きっと伴走者も聾唖で、手話で意思を通わせながらここまでやって来たのだ。密かに二人にエールを送りながら先へ進んだが、足の痛みに耐えられなくなってきた。萱橋さんに私もスプレーで足を冷やしたいと訴えると、三〇キロ地点に救護所があるからそこへ行こうという。救護所のお世話になるのは二十回目のレースにして初めての経験だ。なりふり構わず飛び込んだ。

サロメチールの匂いが漂う室内に誘導され、担当医の前に座る。骨膜炎がひどくなってと訴えると、相手は私の腫れあがった脛を診て即座に言った。

「多分、疲労骨折してますよ」

ドキリとした。とりあえず氷でアイシングを施してもらうと疼痛は和らいだ。腫れは確かにひどいが本当に疲労骨折しているだろうか？　十数分後、疼痛の薄らいだ足の具合を診ながら担当医は言った。

「今日は走るのは無理ですね。歩いても痛いようならリタイアした方がいいですよ」

素直に頷いて救護所を出たが、やめたくはない。萱橋さんがおもむろに言った。

「今日の主役はあんただよ。自分が気の済むようにしなよ。やめたければやめるし、走りたければ続けよう」

迷いながら道路に出ると、丁度仲間の盲人ランナー「大御所」が目前を通過して行った。自動的に私の足も動き出す。

左足の腫れは治まったが、体重をかけると痛みが走る。大きく右に体を傾け、右足のみで腕を派手に振って走る。どうしてそんなにまでして走るのか自分でも不思議だ。それでも走りたい欲求が腹の底からこみ上げてくる。子供の頃、広々とした田畑や野原に行くとじっとしていられなくなり、ただガムシャラに走り回った。あのときと同じ血が、今も騒ぐのだ。

二人の伴走者に支えられて長い上り坂をヨタヨタと登り切った。足の腫れがぶり返してきた頃、三七キロ地点におあつらえの救護所が現れた。天の助けと飛び込んで再びアイシングを受ける。その最中に去年の大震災の時刻が迫って来た。二時三十八分にはコース上のどこにいても一分間の黙祷を捧げることになっている。

「その頃にはもうゴールして着替え終わってのんびりしているだろうね」

スタート前には萱橋さんやチャメコとお気楽な見通しを立てていたが、人生はどう転がるかわからない。まさかその時間を救護所で迎えることになろうとは。神妙に黙祷したが、心を占めていたのは果たしてゴールできるだろうかという思いだった。

手当ての後、走っても大丈夫かと医師に尋ねると、明るい答が返ってきた。

「あと四・五キロですから頑張れますよね」

はい、と答えてまた走り出す。痛みは脛骨に添って膝や内踝《くるぶし》まで達しているが、麻痺しているせいか上下運動には支障がない。左足を庇い過ぎて右足首にも痛みが出始めていたが、騙し騙し走り続けるとまた次の救護所が見えてきた。四〇キロ地点、あと二キロだ。念のためにまた立ち寄る。スタートからすでに六時間以上過ぎている。とにかく制限時間内にゴールすることのみが目標だ。サロメチールの強烈な匂いが漂う室内でアイシングを受けながら、骨折はしていないですよね、と医師に念を押すと、どうでもよさそうな答えが返ってきた。

「歩いても走ってもあと二キロだよ」

そう来ましたか。

最後の二キロは楽だった。一番苦しい箇所はどうにか乗り切り、あとは如何にフィニッシュを決めるかだ。

「ゴールしたら三人揃って手をつないで万歳しようね」

萱橋さんの言葉に私もチャメコもオウと頷いた。足はほとんど無感覚で機械的に動いているだけ、腕はやけっぱちのように振り続けたために筋肉痛を起こしている。それなのに何故かひどく楽しいのが不思議だ。あと少し！　頑張れ！　という観客の声援がシャワーのように降り注ぐのも心地よい。あと少し、ドームのぐるりを回ったら四二キロのピクニックのゴールが待っている。

「文章歩道」二〇一二年夏号

リンリンロード

リンリンロードとは、約二十年前に廃線になった筑波線の路線跡を整備し、サイクリング・ロードとして活用している遊歩道の名称だ。常磐線土浦駅近くから筑波山の麓、北条を通って水戸線荒瀬までつながる全長四〇キロ程のその道がいつ頃整備されたのかは知らないが、今では桜並木も育って涼し気な木陰を提供しているという。その道でマラソン大会が企画されたり、仲間内でマラニックが催されているという噂を聞き、一度は走ってみたいと思っていた。それがようやく今年のゴールデンウィーク幕開けに実現した。

マラソン仲間の萱橋さんが七人乗りの大型ワゴン車を繰り出してくれ、まずは筑波山麓の北条大池に乗り付けた。牛久からの仲間も合流して、総勢八名での賑やかなマラニックだ。盲人ランナーと伴走者のペアが三組、単独走二人という取り合わせで、一列になって大池の駐車場を出発した。しばらく市街地を練り歩き、坂道を上るとそこにリンリンロードが広がっていた。元線路だっただけにこんもりと高く、周辺の田園風景を一望できる。大人が四人横並びに並んでも余裕のある道幅で、しかも車両通行禁止、自転車でもランニングでも安心して通行できる。

両側の並木には濃い桃色の花が目立つ。牡丹桜だろうと萱橋さん、染井吉野はとうに終わったが、こちらは今が盛りだ。ぼってりとした花を揺らすように清々しい風が吹き過ぎていく。参加者の一人、リンリンさんは熊避けの鈴を腰にぶら下げている。可愛らしい女の子を連想させるニックネームだが、実は逞しい男性。その鈴の音が歩調に合わせて並木道にこだまする。思わず「リンリンさんがリンリンと鈴を鳴らしてリンリンロードを走っている」と、皆で笑った。

スタート地点の北条はリンリンロードの中間にあり、土浦までは一五キロ、反対方向の荒瀬までは二五キロという位置だ。今日はメンバーの一人、ゴロさんが都合で土浦まで走ってそのまま電車に乗りたいという希望なので、それに合わせて土浦方向を目指す。ちなみにゴロさんというニックネームは男性のようだが実は若い女性アスリートだ。

俊足ランナーのゴロさんの伴走でリンリンロードを走るという前々からの希望が叶ったというのに、残念ながら私の足は去年の暮に疲労骨折した後遺症が尾を引いて、未だに違和感が残っている。歩くには支障はないが、走り出すと痛い。片足を引きずってヨタヨタと走る自分がふがいない。

ゆっくりランにつき合ってもらっているうちにゴロさんの腹具合まで怪しくなってきた。ゴロさんというニックネームは、すぐお腹がゴロゴロ鳴り出すところから名付けられたというから笑ってしまう。だが本人にとっては笑いごとではない。トイレを探しながらの苦しいランとなった。整備されてはいるが、トイレは八キロ先の休憩所にしか設置されていないらしい。ゴロさんは時折困ったように溜息をついて立ち止まる。

「こうなったらどこか人目に付かない処で用を足してしまえば?」

無責任なことを勧めたが、前記した通り、リンリンロードはあまりにも見通しが良過ぎる。結局ゴロさんは休憩所までの八キロの道程を耐え忍びながら走り続けた。

ようやく休憩所に辿り着く。かつての筑波線の駅「藤沢」をそのまま休憩所に活用している。上り坂からホームに上がると、ベンチもトイレも往年のままでなかなか風情がある。腹が痛いゴロさんにとっても足の痛い私にとってもありがたいオアシスだった。

古いベンチに腰掛けて一息つくと、かつて筑波線に乗ったときの古い記憶がポロリポロリと蘇ってくる。病気がちだった幼少期、健康祈願のために子育て祈願で有名な「泉の観音様」にお参りに行ったときのことだ。母に手を引かれて常磐線土浦駅から筑波線に乗り換えた。電車の先頭に立って運転席を通して車窓の風景を眺めていると、しばらくは田園風景が続いていたが、いつしか深い山間に入っていた。高くそびえ立つ山並みを背景に、すれ違う上り電車が前方で待っている。次第に近づいてくると、向こうの先頭車両にすし詰め状態で乗っている乗客達の顔がはっきり見て取れ、その中できれいにお化粧をして鮮やかな緑色の服を着た女の人が一際印象的だった。筑波線というと未だにその光景が脳裏に浮かぶが、今思えばあの駅こそが筑波山を背後に臨む北条だったのだ。

次の休憩所「虫掛」で一息ついてから、土浦へ向かうゴロさんと別れて北条に引き返した。今度の伴走者はトコリさん、底抜けに明るく元気な女性だ。菖蒲やアイリスが今を盛りと咲き誇っていると細やかに周囲の風景を伝えてくれる。追憶の彼方の筑波線沿線とはずいぶんイメージが違う気がする。何といっても五十年の歳月が流れているのだ。幼少期の記憶の断片が残っている筈もない。ひんやりした風の中に古ぼけたディーゼルカーのエンジン音が聞こえたような気がしたのは私の感傷だったろうか。

「雷鼓」二〇一四年夏号

絆

私のランニング用Tシャツの一枚は「絆」という文字がプリントされている。これは初めて日本盲人マラソン協会主催のレースに出たときの参加賞で、盲人と伴走者が紐で手をつなぎ合って走る盲人マラソンの精神を表現したものだ。なかなか言い得て妙だと思うが、三年前の東日本大震災以来「絆」は合言葉のように日本中で流行している。最近は少し安易に使われている気もするが、去年の秋、岩手県の北上市でおこなわれたマラソン大会でその言葉の重みを再認識した。

去年は東北の大会に出たいという欲求が強かった。その土地へ赴いて必死で走ることで自分なりの被災地支援ができるような気がしたからだ。北上マラソンもそんな理由で選び、マラソン仲間の萱橋さんと中川さんに伴走を依頼した。東北のレースは山間部の土地柄でアップダウンの多い厳しいコースが多いが、その分景観も素晴らしい。北上川を渡って桜の名所、展勝地《てんしょうち》の周辺を巡るコース、しかも制限時間は六時間と緩い。二人のランニング仲間は体調不十分ながらシーズン開始の足慣らしレースとして快く引き受けてくれた。

伴走者とロープで手を結び合って走る盲人マラソンに手を染めて早や六年、出場したレースも三十回を超えた。東京や大阪などの大都市でおこなわれる賑やかなお祭りレース、地方都市のこぢんまりとしたレース、青梅マラソンのように大真面目に走るレース、コスプレやグルメを楽しむレースなどバラエティーに富んだレースがある中で北上マラソンは地方色に溢れた大会だった。東北弁まじりのインフォメーションが物柔らかで、手作りの温かさを感じさせる。

去年話題となったＮＨＫの連続ドラマ『あまちゃん』のテーマソングが高らかに鳴り響く中でのスタートもおおらかだ。参加人数三千人と小規模なせいかスタート直後の混雑もない。盲人にとって大群衆の中を走るのは非常に緊張を要する。不意に横合いから割り込まれたり、無理な追い越しをかけられて転倒する危険性があるからだ。それを避けて上手に雑踏の中を掻い潜りながらリードして行ってくれる伴走者の存在は得難い。とりわけ日頃一緒に練習している仲間は握り合ったロープから伝わってくる感触でこちらの体調や心の動きまで読み取ってくれる。

「今日はほどほどのペースで行こうね」

前半の伴走を引き受けてくれた萱橋さんは周囲の風景を説明しながら淡々としたペースでこなして行った。もう一人の伴走者中川さんは傍らを随行しながら合いの手を入れる。

「数年前の春、展勝地を訪れたときは桜が見事だったわ。桜吹雪どころかピンク色の壁が渦を巻いているのよ」

私には経験のないその風景を、想像力を駆使して脳裏に描きながら緩やかなアップダウンをこなしていく。初めて訪れた町の様子が友人の説明と町騒《まちざい》と足元の感触と空気感から伝わって来る。いい雰囲気の街だなと思う一方で、もしかしたらこれは私の大いなる勘違いかもしれないとも思う。目隠し鬼のように目隠しの手拭いを外したら想像していたものとは似ても似つかぬ風景が現れるかもしれない。だがそれも楽しい勘違いだ。

中間地点の二一キロを過ぎ、伴走ロープは萱橋さんから中川さんにバトンタッチされた。それまで元気に走っていた萱橋さんが、ロープを離したとたんに失速し始めた。ガス欠らしい。やはり体調がすぐれなかったのだ。「先へ行って」と言いながら萱橋さんは背後に遠のいていく。

だが交代した中川さんも体調充分ではない。驚異的な体力を誇る七十六歳ランナーだが、シーズン初めのレースはコンディションが整わないらしい。ゆっくりにしましょうよと言いながら次第にペースを落とし、エイドに立ち寄る度に走りよりも歩きに近くなっていく。

もう無理、萱橋さんに代わってもらいたいわなどという弱音を聞くに及んで、完走の二文字が目前から遠のいていった。だが人生捨てたものではない。三〇キロ間近までくるとふいに中川さんの闘志が蘇ってきた。

「あら、もうあと一二キロしかないのね！　じゃあ走りましょうか」

彼女はそういう人だ。長年積み重ねてきた底力がいざとなるとものを言う。少しずつペースを上げて北上川を渡り、元気に走っていた往路のペースを取り戻していく。ちょっとトイレにと脇道に反れて道草を食った後は更に調子が上がってきた。後に残してきた萱橋さんを気にかけながら、軽い足取りで坂道を上り下り、いよいよゴールの運動公園間近まで戻ってきた。右折すれば二キロ先にゴールが待っているというT字路で、まずは距離稼ぎに直進し、折り返して来なければならない。最後の正念場だ。

折り返し点から戻ってくる途中で後方からやってきた萱橋さんと再会した。見知らぬ男性ランナーを道連れにしてのんびりおしゃべりをしながら走って来る。すかさず声をかけた。

「折り返しまで行かなくていいから、私達と一緒に走ろうよ」

萱橋さんはえっ！　と一瞬戸惑った。

「あなたは選手じゃなくて伴走者だから、端折っても違反にならないよ！」

萱橋さんは連れのランナーに「では失敬」と挨拶して私達の隣に並んだ。三人横並びになって走り出しながら中川さんが言う。

「伴走ロープは私に持たせてね。ロープから手を離したら力が抜けてしまうから」

そして猛然とラストスパートをかけた。今までにないペースだ。大きく手を振り、足を蹴り上げる。小柄なのに中川さんはストライドが広い。それに合わせて私も思い切り腕を振り、大股で地を蹴る。萱橋さんも負けていない。ハーフ地点でのガス欠が嘘のように全力疾走する。きっとキロ五分を切っていただろう。三人足並みを揃えてダッシュして行くと、応援の声が飛んできた。

「いい走りだ！」

そのときの私達はきっと恐ろしく真面目な表情だったろう。息も気持ちもピッタリ合ったままゴールに走り込んだ。途中でかなり遊んでしまったが、終わりよければすべて良しとする。

「ロープを握っていると力が出るのよ。あなたを最後までガイドしなきゃって責任を感じるから」

汗を拭いながら中川さんが言うと、萱橋さんも大いに頷いた。

「私もロープを離したとたんに力が抜けちゃったんだよ」

伴走者と盲人ランナーの関係は片方がリードするのではなく、お互いが支え合って成り立つのだとその声の調子が語っていた。

『変人同士』二〇一五年

暑い国の熱い人々

　まもなく成田空港に着陸という機内アナウンスに思わず耳を欹《そばだ》てた。成田の気温は五度だという。急に意識が日本モードに切り替わった。そうだ、日本は冬真っ只中だった。肌を刺す風の冷たさをつい今しがたまで忘れていた。ほんの四時間前まで吸っていた空気の熱く澱んだ感触を思い返す。あれは地球の裏側の街ではない。日本からほんの四時間南下しただけの所なのに、何と日本とかけ離れていたことか！

　香港の市民マラソンの存在を知ったのは一年前のことだ。少し食指が動いた。半年後、友人の通称シャムタがご主人の転勤で香港に引っ越した。若いが盲人マラソンの有能な伴走者で、私も度々つき合ってもらっている。その彼女が香港へ引っ越すとあれば、当然のように一緒に香港マラソンを走らねばならない。

　その後尖閣諸島問題がこじれて中国各地で反日暴動が起きた。シャムタの身が案じられたが、彼女からの返事は香港では絶対に暴動は起きないという力強いものだった。中国とはいえ、香港は長年英国領だったので民主主義が根付いている。そんな自治区・香港に更に興味が湧いた。

この二月、マラソン仲間数人と香港に飛んだ。期待に胸を弾ませて空港に降り立つと、まず空気がドロンと暖かい。数メートル先は薄らと霧がかかったように不鮮明だという。もしやこれが問題のPM2・5かと案じたが、咽に刺すような刺激はない。東京二十三区の倍ほどの土地に住人七百七万人という超過密地帯では空気が澱んでいるのも当然だろう。久しぶりに再会したシャムタは少々息苦しそうだった。元々喘息傾向があり、香港に移ってしばらくは喘息発作が治まらなかったという。咳込みながら私達を精一杯もてなしてくれた。

「この街はお行儀悪くしてもいいんです」

街頭で売っている鶏卵子《ガイタンサイ》というタコヤキ風のお菓子を一袋買ってふるまってくれた。駄菓子屋の紙袋のような袋に入った焼き立ての菓子だ。つまんで口に含むとサクサクした素朴な味がする。なるほど、これが香港の味か。

それにしても騒々しい街だ。常にどこかで建設工事がおこなわれている作業音、道路をひっきりなしに行き交う二階建てバスとトラックの群れ、信号の変わり目に鳴り響くテテテテというけたたましい金属音、ここの人々は大きな音に慣れっこになっているのか、まるで怒鳴り合うように言葉を交わしている。更に通りに面した店舗は赤に緑、黒や金色とハレーションを起こしそうな色彩に溢れている。

「自分のパワーが足りない時はこの街のエネルギーに負けちゃいます」

本音をチョロリと漏らしながら、シャムタはジャングル探検隊の隊長のように我々の先頭に立ってカオスの中へ踏み込んで行く。宿泊ホテルのある九竜公園の近辺を中心に、メインストリートの面白そうな店をくまなく巡る。危うい匂いのするチョンキン・マンション、その周辺のインド人居住地とカレー店が軒を並べる一帯を行くと、『ビルマの竪琴』に登場するようなミャンマーのお坊さんが歩いている。漢方薬の匂いを漂わせるお茶屋、正体不明の乾物が並ぶ店、人気の高い牛乳プリンをテイクアウトできる店など中国色溢れる中に対照的に英国資本のスーパーのチェーン店が建ち、英国風お茶とクッキー、趣味の良い雑貨品などが並んでいる。雑多な国際都市ならではだ。

現在の香港の呼び物といえばレーザーショーというシャムタのお勧めに従い、夕食後は港近くの広場へ足を向けた。観光客集めに企画されたショーは、広場をぐるりと囲む高層ビルの壁をスクリーンに仕立て、大音響とともに各ビルごとに創意を凝らした画像を一斉に映し出す。見えない私は説明を聞きながら想像力でそれらを見る。レーザー画像に鮮やかに染め上げられた高層ビル群がはるか上空まで聳え立つという。何とスケールの大きなショーだ！　更に周辺には色とりどりのランタンが飾られ、チャイナムードを高めているという。

「この街の人々の信念はお金を稼ぐこと。正月には、今年もガッポリ稼いで幸せになりましょうと呼びかけ合うんですよ」

と、シャムタ。ランタンの形も銭を模《かたど》っていると教えてくれた。金《かね》への執着をここまであっけらかんと示されては笑ってしまうしかない。

パワフルな毒気に当てられた翌日は、レース前の軽い足慣らしに香港島の中にあるハッピーバレー競馬場に出向いた。レースのない日は一般市民に開放してくれるのだ。広い馬場の芝生の上では大勢の市民がサッカーやクリケットに興じていた。外周をジョギングする人々もいる。高層ビルが林のように立ち並ぶただ中のオアシスのような空間だ。英国領の時代には英国紳士淑女の社交場だったろう。ジョギングしながらその昔の光景を想像した。

ひとしきり走って更衣室に入り、汗を拭っていると掃除婦のオバサンがにこやかに話しかけてきた。モウヤン、モウヤンとしきりに呼ぶ。モウヤンとは盲人の意、白杖を持つ私に気づいて声をかけてくれたのだ。シャムタが広東語で日本から香港マラソンに参加しに来たと答えると、弾んだ声で何やら激励してくれた。香港人は総じて人懐っこい。相手が広東語を知ろうと知るまいと、自分の言いたいことは一方的にしゃべりまくる。こんなときほど広東語が話せたらと切実に思う。

午後は大会当日に備えて、ゴール地点になっているビクトリア・パークの下見である。こちらも香港島の中にあり、競馬場から歩いて行ける距離だ。英国風の緑豊かな公園をコース確認に歩き回っていると、芝生や木陰に屯する女性達の姿が目についた。阿媽《アマ》さんと呼ばれる女性達だ。シャムタの説明によれば、彼女達はフィリピンやインドネシアなどからの出稼ぎ労働者で、主に香港人の家庭で住み込み家政婦をしているという。週末は仕事が休みなので家に居場所がない。そこで同じ境遇の者同士、公園に集まって食事をしながら話し込んで一日過ごすのだという。これも香港を支える一つの顔なのだろう。

さて、マラソン当日になった。当初、参加人数が七万数千人と聞いたときは度肝を抜かれた。東京マラソンの倍以上の大人数だ。あまり広くもないこの街のどこをどう走ったら四二キロの距離を稼げるのか不思議に思ったが、内訳は極めて合理的だった。スタートは東京のような一斉スタートではなく、五キロ、一〇キロレースは香港島、フルとハーフは九竜地区から、しかも三十分毎に小刻みにウェーブ・スタートするという。これがなかなか具合がいい。スタート地点はホテルの林立する一角の広場なので宿からすぐだ。スタートの一時間前から整列させられる面倒もなく、ホテル内で待機してゆるりと出かければよい。おまけにホテルの前の道路がコースなので、一足早いスタートの仲間達に声援を送ることもできるし、自分のスタート時は後発の仲間達に声援を送ってもらえる。大規模レースの割にのんびりしたぬくもりが感じられる。

コースの殆どは高速道路と海底トンネルといってもいい。九竜地区の港に近い広場からメインストリートを突っ切って高速道路に入り、岬の突端で折り返し、海底トンネルをくぐって香港島へ渡ってゴールするのがハーフ、フル・マラソンはこれに更に香港島の西側にあるランタオ島を一巡するコースがプラスされている。狭い街でも工夫次第という訳だ。今回は私はハーフを走る。フルではないので気がラクだ。

私とシャムタのいで立ちはチューリップの植木鉢を頭上に載せた帽子をかぶるというふざけたもの、このチューリップ帽子は以前、東京マラソン出場の折に彼女に製作してもらったもので、好評だったので味をしめて何度も使った。香港人にも笑ってもらおうと持参したが、スタート地点の雑踏の中で馬鹿受けした。人懐っこい香港人達はワイワイ広東語で話しかけてきて、記念写真を撮らせろと私達と肩を組み、ポーズを取る。ケーブルテレビのインタビューまで受けた。広東語がわからない私は顔の見えない人々に向かって笑顔で愛嬌をふりまくばかり、語学学校仕込みのシャムタが意外に流暢な広東語を駆使してスポークスマンを務めてくれた。

壇上では雰囲気を盛り上げるべく女性ＤＪが盛んに群集を煽っている。マーチョン、マーチョン！　これはマラソンの意、ゲストランナーが挨拶すると拍手と歓声が更に高まる。マーチョン、マーチョン、いよいよカウントダウンが始まる。迫力の広東語に圧倒されているうちにいつの間にかレースは始まっていた。こんなに緊張感のないレースは初めてだ。頭上からはいかにも南国らしい野鳥の囀りが聞こえてくる。

四方八方からガーヨウ、ガーヨウ（頑張れ）という声援が飛んでくる中、シャムタと手を繋ぎ合って走る。ありがとうの意のドーチェ！　を連発しながら市街地を抜け、高速道路に入ると、市民の応援はなくなったが、周囲のランナー達が盛んにエールを送ってくれた。私達が日本人だとわかるらしく、しきりにガンバレ！　ガンバッテクダサイ！　と日本語で激励してくれるのだ。日本のアニメ・ブームで「頑張れ」は、今や世界共通語のようだ。ガンバレと呼びかけられると、ついアリガトウ！　と応えてしまう。私達の頭上のチューリップを指差してクスクス笑う人、きれい、と褒めてくれる人、笑って応えるとまた笑う。そんなこんなで、あっという間に一〇キロを過ぎ、いよいよ海底トンネルへと突入する。

ぐんぐん坂を下り、トンネルに入る所で皆が一斉にワーオ！　と雄たけびを上げた。私も声を限りに叫ぶ。自分達の声がトンネル中にこだまする。それがたまらなく快感だ。後続ランナーが発する声が前方のランナーを追いかけていく。足音が不思議な旋律となって響き渡る。ゾクゾクするような心地良さだが長くは続かない。トンネル半ばには強烈な排気ガスが充満していたのだ。思わず息を詰めたが、喘息気味のシャムタはたまらず、「喉が痛い！」と訴えた。ここで立ち止まったら大変だ。出口まで息を詰めて必死で走り、どうにかトンネルを脱出するとそこはもう香港島だった。ゴールまであと一踏ん張りだ。

高速道路から海を見下ろしながら大きく迂回して市街地へ近づくと、特有の匂いが漂ってきた。漁港近くの魚加工場辺りの独特の飼料の匂い、鼻を突くケミカルな刺激臭、甘ったるい匂い、製麺所の匂い、種々雑多な匂いが充満している。

「人は生まれ落ちてくる土地を選ぶことはできません。ここの住人達はこの狭い土地に生まれ育ってここで精一杯頑張って生きている。そんな彼らがいとおしいんですよ」

悪臭に咳き込みながらシャムタが言う。

市街地に入ると俄然沿道の応援が高くなった。ベンさーん！　とシャムタが歩道に向かって手を振った。同じマンションに住むカメラマンのベンさんが道路傍でカメラを構えていたのだ。片言の日本語を話す親日家の香港人だ。ベンさーん！　私も叫ぶ。片膝をついてカメラを構えたベンさんは無言でシャッターを切っている。

「さすがはプロ、構えた姿も決まってる！　彼が構えているのがカメラではなく猟銃だったら私達は完全に射抜かれています」

とは風景説明のシャムタの弁。沿道の応援は更に昂まってくる。ガーヨウ、ガーヨウ！交差点の信号機のテテテテテテという音も、それ行け、やれ行けと追い立てている。その熱気に包まれて万歳をしながらゴールインした。

頭上のチューリップを揺らしながら順路に沿って歩んでいくと、ゴールインしたランナー達が互いの健闘を称え合い、笑ったり抱き合ったりお祭り騒ぎさながらだった。私達も誘われて彼らの記念撮影に加わり、特上の笑顔を向けた。だがお祭りはいつまでも果てしない。キリがないので公園を出ようとしたが例の阿媽さん達がイスラム教のお祈りをしている所に行き当たった。マラソン大会のおかげで彼女達は居所を追われ、公園の片隅に身を寄せていたのだ。そこを通るときは少々気が咎めた。

九竜のホテルに戻ってシャワーを浴び、寛いでからまた散策に出る。マラソン大会の名残はもうどこにもなく、街はケロリと日常に戻っていた。相変わらず工事中の騒音が響き渡り、人々はせかせかと通りを行き交う。常に動いていて、とどまることを知らない街だ。

「文章歩道」二〇一三年夏号

金沢マラソン

威勢の良い掛け声に続いて力強い太鼓の音が青空の下に鳴り響き、華々しく花火が打ち上がる。第二回金沢マラソンの開始だ。私ははやる心を抑えて深呼吸した。

フル・マラソンはもう十五回経験しているが、スタート時の独特の緊張感はいつも変わらない。これから四二キロの長い旅に出るのだ。遥か彼方のゴールに辿りつくまでには沢山の山や河、見知らぬ街や田園地帯など気が遠くなりそうな道程を超えて行かねばならない。そんな想いを胸に、スタートラインの方向を睨む。

一万人以上のマンモス大会では、スタートの合図が鳴ってもすぐには走り出せない。丁度中間に位置する私のブロックは、数分経ってようやく動き出した。伴走者の若き女性、通称シャムタとつないだロープから「行くわよ」という気合が伝わってくる。シャムタは気の合う伴走者で、全盲の私がまったく不安なくガイドを任せることのできる貴重な存在だ。金沢マラソンに行こうと頼むと快諾してくれた。

　去年、北陸新幹線開業に伴って、金沢マラソンが企画されると聞いた瞬間、これは出なければ！　と思った。金沢には縁がある。親しい学友が金沢出身で、彼女に会いにこの地を何度か訪れている。能登に伝わる太鼓に惚れ込んで、それを聞きたさに二度ほど足を運んだこともある。独特の伝統文化を持ったこの地で果たしてどんなマラソン大会が催されるのか興味は尽きない。

　もう一人、京都の学友もマラソン応援を兼ねてやって来ることになり、久々に三人で顔合わせをすることになった。ともに学生時代は運動部で汗を流した仲だが、二人は私がフルマラソンを走るのが信じられないという。私の中では自然な流れだが、走らない人にとっては驚異なのだろう。

　さて、受付で貰ったレースのマップを開いて驚いた。コースは金沢駅を中心に北と南に分かれ、前半は南のゾーンを回る。スタートの金沢城公園から兼六園の周囲を一巡するのを皮切りに、いかにも古都らしい風情溢れる街中をうねうねと回るが、曲がり角の数が半端でないのだ。しかも旧街道を抜けて行く道程では車二台がようやくすれ違える幅の細い道が右へ折れ左に折れている。勾配も急らしい。これは伴走者泣かせだ。きついコースやな、と金沢在住の友人に言われて軽い観光気分は吹っ飛んだ。

案の定、スタート直後から楽な道ではなかった。大勢の参加者が犇めき合う大会では他のランナーとの接触を避けるために神経を使う。何より怖いのは横合いから突っ込まれて足を引っ掛けることだ。他のランナーとの距離感に注意を払いながら、シャムタは次々に登場する金沢の風物を楽し気に説明してくれる。加賀鳶の装束に身を包み、太鼓を打ち鳴らしている応援団、いかにも老舗の味を守っていそうな和菓子の店の佇まい、自分の目で確認できないのが残念だが、彼女の言葉の端々から加賀百万石の香りが伝わってくる。

コース設定は厳しいが応援は温かい。今年のリオ・パラリンピックで盲人と伴走者が手をつないで走る姿がテレビ放映された影響か、とりわけ私達に頑張れという声援が多く飛んでくる気がする。台湾から参加したという若い女性が、私も盲人ランナーの伴走をするのよと走りながら声をかけてくれた。流暢な日本語だ。台湾からは二百八十人が参加しているという。マラソンを通じての国際交流だ。

うねうねとした街中のコースが一段落すると、新幹線と北陸自動車道の高架下をくぐって始まる北側のコースに移る。ひんやりした地下道から日向へ出たとたん暑い日差しが襲ってきた。まだ全コースの半分程度なのにかなりの距離を走ったような疲労を覚えるのは細く曲がりくねった道が続いていたせいだろうか。足の重さにこれからの道程が思いやられる。だが疲労しているのは私ばかりではない。レース序盤に私達をかろやかに追い抜いて行った中国人の盲人ランナーと伴走者のペアも沿道で立ち止まり、しきりに足を叩いていた。中盤にさしかかって体の不調を感じ始めたランナーは多い。それをフォローするために大学生のボランティア達が道端でスプレーのサービスをおこなっている。私も痙攣しかかっていた両ふくらはぎにスプレーをかけてもらったら見事に治まった。

フルマラソンは気力、体力、知力など人間の持てる能力を総動員して挑むものだと誰かが言っていた。三〇キロを過ぎて終盤に入ると体のあちこちが悲鳴を上げ始める。ここからが勝負だ。己の心の弱さと向き合い、それとどう折り合いをつけながら最後まであきらめずに走り切れるか、自分が試されている。強い味方はエイドでのほっとするひとときと応援の人々の励ましだ。

「頑張りまっしー!」

お婆ちゃん達の方言混じりの可愛らしい声が飛んでくると心がほっこりする。更にエイドが素晴らしい。幾種類もの和菓子が並び、お茶も添えられている。きんつばを頂いたら、いかにも材料を吟味した老舗の味がした。足の疲労がピークに達した辺りではおしるこのもてなしを受けた。小さく刻んだ芋の舌触りが良く、一気に喉に流し込んだ。後で聞いた話では、ボランティアのオバサン達が前夜遅くまでかかって作ってくれたのだという。その心意気のおかげか、萎えかけた四肢に活力が蘇ってきた。金沢カレーが最近の流行りらしく、これもエイドで提供された。だが乾いた喉は差し出されたカップの御飯とカレーを半分も飲み下すことができなかった。

　辛抱しながら県庁近くの三五キロ地点まで辿りつくと、ここでのおもてなしはケーキとコーヒー、カボチャのパンケーキをシャムタと半分ずつほおばるとすっと喉に溶けて行き、最後の力をふるい立たせてくれた。折り返し点から再び戻ってくると、例の中国人ペアがエイド前にいた。盲人ランナーは疲労困憊して伴走者に抱きかかえられている。彼らもケーキとコーヒーの力で最後のふんばりが出せただろうか。

　三八キロを過ぎるとゴールは目と鼻の先だ。走るごとに残りの距離が減っていき、ゴールの運動公園の賑わいが迫って来る。沿道の応援も数を増し、声援が渦巻く中で無感覚になった両手両足をロボットのように機械的に振り続け、ついにゴールの歓喜に包まれた。やった！　どうにか五時間以内で走り切った。安堵の想いでシャムタと握手を交わす。

　すでにゴールした人達の笑いさざめき、後から走り込んでくる人達の懸命の息遣い、エリートランナーも平凡な市民ランナーも、老いも若きも男も女もみんな己の力を出し切った満足感に包まれている。

「みんな、いい顔してますよ」

　シャムタが耳打ちする。走った人でなければこの達成感はわからない。人生はままならないことの連続だが、マラソンは裏切らない。実生活では努力を重ねても必ずしも報われるとは限らないが、マラソンは努力が必ず実を結ぶ。これはストレス社会での大いなる救いだ。このゴールインの一瞬のために夕べはビールを我慢した。今夜は北陸の味覚に舌鼓を打ちながら祝杯を上げることにしよう。会場のどこかで見守ってくれている筈の友人に連絡するために、私は携帯電話を取り出した。

「雷鼓」二〇一六年冬号

ウサギのおばさん

一月末とは思えないほど晴れ渡った暖かな朝、潮風の中を七千人のランナーが一斉に動き出した。房総半島、館山で開催された「若潮マラソン」のスタートである。行列の中ほどに並んだ私は、伴走者と硬く握り合ったロープを頼りに混雑の中で一歩踏み出した。スタート直後から足踏み状態が続き、ようやくスローペースで走り始めた辺りでいきなり道路際から聞き覚えのある声が飛んで来た。

「ドラちゃーん！　キムー！」

私と相棒のニックネームを知っている人だ。手を振って応えながら伴走者に尋ねると、ウサギの耳をつけてハデハデな格好をした人だという。とっさにロマンさんだ！　と悟った。

ロマンさんこと萩谷さんは地元茨城のランニング仲間だ。もっぱら盲人の伴歩をしているが、元々は点字の翻訳ボランティアを長年続けてきた人で、功績を全国的に表彰されたこともある。だが本人は飄々としたもので、「尽くしている」とか「お手伝いをさせていただいている」などというボランティア風はいっこうに匂わせない。

「私は自分が楽しいことしかしないから」

と豪語し、地元のマラソン大会には派手なコスプレで応援に駆けつける。私も何度も彼女の声援に勇気づけられてきた。

それにしてもまさか房総半島の先端の街に現れるとは驚いた。人をビックリさせるのが好きだからサプライズで出現したか。

私が若潮マラソンに参加するのは今年で二度目だ。岬の先端をぐるりと巡り、内陸に入って山間部を越え、また元の海岸通りに降りて来るというアップダウンの多い厳しいコースだと聞いて尻込みしていた。だが去年、自分の根性試しにあえて参加を決意したら、思いの外走りやすかった。冬とは思えない暖かさ、展望もいい。右手に波の音を聞いて走る前半部、内陸に入って菜の花やフリージアの咲くフラワーロードを行く中間部、最大の難所、山越えをして元の海岸通りに戻って来る後半部と変化に富んでいるのも楽しい。今回伴走を引き受けてくれたキム（木村さん）は凄腕の女性ウルトラランナーで、険しい山を次々に制覇して一〇〇キロ走り抜いている頼もしい人だ。

潮風を感じながら順調に進み、いよいよアップダウンの続く内陸に差し掛かる。二二キロ地点、驚いたことにまたロマンさんの応援が飛んできた。どうやって先回りしたのか、道路傍でウサギの耳のその人は声を張り上げて待ち構えていた。脱帽した。道路事情を熟知していなければこんなにタイミング良く移動することなどできない。

「ゴール間近にも現れたら笑っちゃうね」

キムと手をつないで更に歩を進めながら笑い合った。視力を失くしてから知り合ったので、ロマンさんの姿を私は肉眼で見たことはないが、ウサギの耳をつけ、派手な衣装で手をちぎれんばかりに振っている勇姿は鮮やかに思い描くことができる。軽快な気分でウサギのように軽やかに坂を上り、また下った。

ウサギの応援に力づけられたのか、キムの伴走が素晴らしかったのか、フルマラソンはこんなに楽なものだったかと思うほど筋肉痛もなく、三〇キロ過ぎの最大の難関を越えた。私にしてはいいリズムで終盤のアップダウンもこなし、ほとんどイーブンタイムで走り通した。

いた！　ウサギの耳がゴール間近のところで踊ってる！　というキムの説明に思わず爆笑した。二二キロ地点から驚くべき早業でロマンさんはまたもや登場したのだ。その間に何人の仲間を励ましたのだろう。そのタフさに感心しながら勢いを落とさずにゴールした。

全身の肉と骨が軋んで悲鳴を上げていた。

後日、ロマンさんと会う機会があって詳細を聞いた。そうだ、館山に応援に行こうと思い立ち、朝四時半に家を出てたった一人で高速道路を飛ばして行ったのだという。私の応援が最大の目的だが、実際にはどのランナーにも声援を送り続けたそうだ。すごく反応の良いレースだったとロマンさんは楽しそうに振り返った。

場所を変える度に「またウサギのおばさんがいた!」と喜ぶランナー、ハイタッチを求めるランナー、仲間のランナーを見つけて握手もした。両手を広げて抱き付かんばかりにまっしぐらに駆けてくる若いランナーがいるとそれに応えて両手を広げて待ち構える。ところが相手は寸前でさっと身を躱す。からかわれたよとロマンさんは大口を開けて笑った。人生の楽しみ方も色々あるものだ。踊る阿呆に見る阿呆、それに加えて囃す阿呆か。

「雷鼓」二〇一七年春号

第三章　尊い時間

春は寂し

春は寂しいとは亡き父の口癖だった。色鮮やかな花々が咲き誇り、世間がお花見で賑わえば賑わうほど、俺は寂しいと母に呟いていたという。若い頃の私には父の寂しさを汲み取ることができなかった。その父が二十三年前の春、六十七歳で急逝した直後に葉桜の茂る遊歩道を歩きながら、ようやく春の寂しさを実感した。桜に代わって躑躅《ツツジ》が遊歩道を彩っていた。目にも鮮やかな赤、紫、緋色の花が歩道の中央を区切るように長く伸びたフラワーポットにこぼれそうに咲いている。乱視気味の私の目にはそれが虹の輪が広がったようにことさら華やかに見えた。日差しが強ければ強いほど影も濃くなる。父を失ったばかりの私には鮮やかな花々は眩し過ぎた。そして気づいた。父は満開の桜に亡き戦友達の面影を見ていたのだろうと。

旧制中学を卒業後、父は予科練に入隊し、昭和十九年の初頭、十八歳で戦場に発った。

所属した部隊が全滅したとき唯一人生き残り、別の部隊に配属されて再度戦場に送り出され、終戦は南の島で迎えたという。

古い話だが、郵送されて来た海軍航空隊の名簿をしみじみと眺める父の姿を子供ながらによく覚えている。所属部隊ごとに名前と現住所が記載された冊子で、戦死者の名前の下は空欄だった。ズラリと現住所が並んだ部隊もあれば、大きな空白の部隊もある。父の名前はその空白の中で一行だけポツンと現住所が記されていた。その紙面に目を落としながら、無表情のまま、みんな死んじまったなあと呟いていた。

父は母と結婚後も時折亡き戦友の実家を訪問していたそうだ。最初の頃こそ相手の親に挨拶をし、戦友の遺影に合掌したが、母を伴うようになってからは決して家に上がり込まなかったという。車に乗ったまま戦友の家を無言で見つめ、やがて気が済むと「さあ、帰るか」と言いながら車を発進させた。母が不思議がって、何故親御さんに挨拶しないんですかと尋ねると、馬鹿言えと素っ気なく答えた。

「親にとって死んだ息子はいつまでも同じ年のままなのに、その戦友が生きて帰って嫁まで貰ったと聞かされたらどんな気がするか」

父なりのスジを通したかったのだろう。儚く散っていく満開の桜は、亡き戦友達の姿を彷彿とさせたのかもしれない。

父の死後、春は私にとっても翳りある季節となった。治療にやって来る客の中に病弱な人がいて、満開の桜は怖いという。白昼一人で近所の桜の森に出かけたら、咲き誇る桜がこちらにうわっと押し寄せてくるような凄まじい気配に圧倒され、気を吸い取られてしまいそうな恐怖を感じたという。そんな話をしてくれたその人は、それから間もなく朽ちるようにこの世を去った。桜の花はただ豪華なだけではない。一斉に咲いて瞬時に散っていく儚さと同時に恐ろしいほど圧倒的な凄み、妖しさも併せ持っている。春という季節の多様さを象徴しているかのようだ。

今年の桜は気をもたせるように足踏みをしながらようやく咲きそろってきた。視力のない私は肉眼でそれを確かめることはできない。人々の話から推察して今の咲き具合を想像するのみだ。雨に祟られっぱなしで短い命だった去年の桜は気の毒だったが、今年は長持ちしそうで嬉しい。その桜が開花宣言後に咲き渋っていた頃、私は憂鬱な気分に襲われた。

その数日前には姪の結婚式があった。姪は私にとって特別な存在だ。赤子のときは世界中の赤ちゃんの代表だった。幼児の頃は世界中の幼児を代表していた。常に私に新鮮な驚きや発見を与えてくれた。その姪が晴れやかに結婚式を挙げる。私は万事差し繰って婚礼に参列するため会場である神戸に出向いた。高齢の我が母はそれより数日前に大阪の妹宅に身を寄せ、式の後も疲労が取れるまで大阪で過ごす予定である。母を妹宅に残して私は急ぎ茨城に戻った。一人で暮らすことには慣れているので別段不自由はない。帰宅後はすぐいつもの日常生活に戻った。ふいに正体不明の感傷に捕らわれたのはそのときだ。何が哀しい訳でもなく、日常生活は滞りなくこなしている。それでも何故か気が晴れない。もしや老人性鬱かと自分のおセンチを笑い飛ばそうとしたが、分厚い雨雲のような憂さはいっこうに晴れない。いっそその憂いに浸ってみようと腹を決めた。

姪の結婚式は神戸の山の手のこぢんまりとしたホテルで和やかにおこなわれた。ちょうど三十年ほど前、妹夫婦も神戸の別のホテルで結婚式を挙げている。三十年という歳月はあっという間のようだが、妹達の挙式と今回の式を比べてみるとその違いは歴然としていた。婚礼の儀式そのものはさほど変わりないが、随所にデジタル化が顔を覗かせる。披露宴の印象は随分違う。花嫁が自らトランペットを吹き、両親に宛てた感謝状を声高らかに読み上げた。私の友人達の披露宴でさかんにおこなわれていたカラオケ大会はまったく影を潜めている。時代の流れによって流行りすたりは当然ある。それを比較するのは面白かった。だが、三十年前に妹の挙式に居並んでいた親の世代の親族達は、今や殆どこの世に存在しない。それに気づいて愕然とした。わずかに我が母と妹の姑のみが九十歳を目前にして健闘している。三十年後、姪の子供が結婚式を挙げる日には、私達の世代の何人がこの世に残っているだろう。

時の流れは残酷だ。妹の挙式に参列していた懐かしい顔ぶれがすっかり姿を消してしまったのと対照的に、まだこの世に影も形もなかった世代が姪の披露宴で一番活気づいて盛り上がっている。三十年という時間は見事に世代を交代させてしまうのだ。春という季節は何故こんなに心がざわめくのか、そのときわかった。年度替わりの時期には出会いと別れがつきものだ。訪れる者、去って行く者、その出入りが一番激しいのが春だ。生まれ出て去っていく。そのスパンは瞬時のものから一生ものまで様々だが、そんな浮世の有りようを、春は実感させてくれるのだ。

「文章歩道」二〇一六年夏号

菜の花

食卓に並んだ小鉢の中味を箸先で探って口に入れると、柔らかな菜っ葉の歯ざわりとほろ苦さが口中に広がる。この食感は小松菜かほうれん草か？　少し考えてから菜の花だと気づいた。

盲目の私に季節の移り変わりを最も的確に伝えてくれるのは、空気の感触と旬の食べ物かもしれない。ほろ苦さのある野菜は春の先触れだ。菜の花を噛みしめていると、光の春の日差しを一杯に浴びてすくすくと葉を伸ばしている土手の野花が目に浮かぶ。

もう肉眼で確かめることは出来ないが、春の光そのもののような菜の花の風情を思い描くと心まで弾んでくる。冬枯れの田畑がいつの間にか黄色一色に染まっている。あの変化は見事だ。菜の花の黄色と桃の花のピンク、雛祭りにつきものの配色はのどけさと華やぎに溢れている。

菜の花は分かりやすい花だ。一輪ずつ手に取って眺めればごく素朴な形状で、色は黄色のみ。他の花々が次々に品種改良されて多彩な色を持つようになっても、この花だけは変わらない。最近の観賞用の花は実に多種多様だ。黄色や青色のカーネーション、ピンクのフリージアなどは言うに及ばず、チョコレート色の向日葵に至っては絶句してしまう。名称もスターチス、シンビジューム、アリストロメリアなどラテン語か医学用語のようなものを列挙されると目をパチクリさせるしかない。だが来院する女性客達は実によく花の種類を知っていて、世の中にはこんなに花好きな女性が多いのかと感心してしまう。私も女性のはしくれだが、花の名前に関しては男性並みに無知だ。

その点、菜の花はいい。名前も単純明快だし、田園風景にさりげなく溶け込んでいる風情も昔ながらの素朴さだ。菜の花畑をモンシロチョウが飛び交う風景を思い浮かべると、幼少期の出来事が昨日のように蘇ってくる。

十年以上も前の話だが、妹一家が泊まりに来ていた晩春の日、対岸にできたあけぼの山公園に連れ立って散歩に行ったことがある。利根川河畔の丘陵地帯を利用して作った広大なチューリップ畑にオランダから取り寄せた風車が聳えたつ日本離れした風景が呼び物の施設だ。異国風の景観がテレビで紹介される度に首都圏から大勢の見物客が押し寄せて来る。評判を聞いて幼い姪や甥を喜ばせようと勇んで出かけたが、着いてみると葉っぱと茎ばかりになった終わりかけのチューリップがくたびれた様子で並んでいた。一瞬肩すかしを食ったような気がしたが、それに代わって敷地一杯に咲き誇っていたのが菜の花だった。一面に黄色く染まったその向こうに風車という景色もなかなかだ。姪と甥はワァッ！　と歓声を上げて花の中を駆けだした。

その様子を見て二つのことに気づいた。一つは、子供は広々とした場所に行くと訳もなく走り出すということ。モザイク模様のように仕切られた花壇の間の小道を、解き放たれた駿馬のように夢中になって走り回る。その無邪気な姿に触れて、かつて自分のそうだったことを思い出した。あれは野生の本能だろうか。子供はじっとしてはいられないのだ。親や大人達と連れ立って歩いていても、広々とした場所に行きあたるとふいに大声を上げて駆け出してしまう。夢中で走り続け、立ち止まって振り返ると大人達はまだずっと後ろを歩いている。大人は何故あんなにゆっくり歩くのだろうと、そのときは不思議でならなかった。

もう一つは菜の花の匂いだ。生まれ故郷から都会に移り住んで以来、菜の花畑に接する機会がなかった。写真やテレビでは自然豊かな風景を目にするが、そういうものには匂いがない。久しぶりに菜の花の群生地に入り込んで、この花には独特の匂いがあったことを思い出した。そう、肥やし臭いのだ。確かに幼い頃はこういう田舎臭い匂いの中で育った。

クローバーやレンゲ畑の中で寝転んで青空と雲を見上げていた時も、この匂いが常に漂っていた。画面で見る自然の風景には匂いがないが、生きた自然は匂いもあれば虫もいる。チクチクする感触や足や腕を這い上がってくる虫の気配も全て含めてこそ本当に美しい自然なのだ。

昨秋、小学校時代の友人二人が「葡萄狩り」と称して秋の散歩に誘ってくれ、久しぶりにあけぼの山公園を訪れることができた。持参した葡萄を公園の高台で日向ぼっこをしながら食べるという趣向だ。私はすでに視力を失っている。ウーちゃんとマリちゃんという友人に手を引かれながら、昔姪や甥とともに歩いた風景を思い返した。丘の中ほどに立つ風車と、それを取り囲む幾何学模様の花壇。たぶん、あの辺りを幼い姪達は走り回っていたのだろうと、深い霧状態の中で推察する。菜の花の季節ではない。多分コスモスか矢車草が咲き誇っている。急に子供のようにそこいらを駆け回りたい衝動にかられ、友人達に頼み込んだ。ウーちゃんとマリちゃんは面白がってさっそく一計を案じてくれた。私を真ん中にして三人横並びに腕を組み、スキップで芝生の上を闊歩するのである。これなら目が見えなくても怖くない。普段は躓いたり転んだりしないように用心深くすり足で歩いているが、このときばかりは大地を思い切り蹴り、高く跳ね飛ぶことができた。息を弾ませながらスキップしていると、自分の障害もすっかり忘れて心ははるか昔の小学生である。

私につき合ってくれているウーちゃんとマリちゃんも童心に返ったのは同じだったろう。社会人の顔、母親としての顔の下から、四十年前の小学生がひょっこり顔を覗かせる。子供にしては重たい体と重たい足取りでドスンドスンと地響きを立て、大笑いしながら何度も風車の周りを巡った。

「次回は春だね。菜の花が咲く頃に思い切りスキップしようね」

そんな約束を交わしたが、ウーちゃんが菜の花という名前に敏感に反応した。

「そういえば先生から貰った菜の花、どうした？」

実は彼女と私は一昨年、小学校時代の恩師の家を訪ねた折、花好きな師からお土産に菜の花の種をどっさり頂いた。冬は庭の彩りが少ないから、秋のうちに仕込んでおけば正月にはきれいな花が楽しめるという配慮である。だがそれから何か月過ぎても我が家の庭には一向に菜の花の芽が出ない。元より盲目の私は庭仕事をあきらめているし、日常の雑事とマネージメントに追われている母にも余分な仕事をこなす余裕がないのだ。仕事と家庭生活を抱えて時間がない、時間がないと嘆いているウーちゃんも同様だった。

「先生に今度会ったら菜の花の報告をしなければならないから、口裏合わせにお宅の菜の花がどの位伸びたか教えて」

ウーちゃんに切実な口調で頼まれたが、同病相憐れむという眼差しで見つめ返すしかなかった。こうなったら頼れるのは一緒に恩師から種と苗を貰って帰った友人ミーちゃんだ。問い合わせると、すぐ庭に蒔いたと明快な答えが返って来た。さすがに専業主婦は偉いと感心したが、適度に育ったところで美味しそうだったのでおひたしにして食べちゃったというオチがついていた。やはり主婦は花より団子なのだな。

恩師のように心穏やかに草花を慈しみ、自然の移り変わりを楽しむ心境に至るには、煩悩だらけの私達はまだ程遠い。せいぜい菜の花畑の中をスキップして、子供心に帰るのが関の山だ。当分、恩師の前で「菜の花」という名前は口に出せない。

「雷鼓」二〇〇七年春号

芝居の春

節分を過ぎたばかりの寒中だというのに、劇場に一歩入るとそこは春爛漫、花の盛りのにぎわいだった。そんな印象の二月の歌舞伎座である。開演前の歌舞伎公演はいつも熱気に溢れているが、いつにも増して押すな押すなの混雑ぶりだったのは、長年、歌舞伎愛好家に親しまれてきたこの建物が来春を以って取り壊しとなるためだろう。

歌舞伎座が建て直されるという噂は以前から流れていたが、去年あたりからテレビで盛んに話題にされ、歌舞伎座を惜しむ風潮は弥《いや》が上にも高まってきている。今のうちに見ておかなければと、歌舞伎通も俄ファンもこぞって歌舞伎座に詰め掛ける。私も去年までは歌舞伎座が改築されるなぞまだ遠い先の話と思っていたが、新しい歌舞伎座の建物の見取り図が新聞紙上に発表されるに及んで、急に切羽詰まった気分になってきた。

大阪の姪っ子を春の歌舞伎公演に招待しようと思いついたのはそんなときだ。幼い頃から芝居好きだった彼女には一度歌舞伎公演を見せたいと思っていたが、念願叶って去年の団菊祭を一緒に観ることができた。叔母馬鹿丸出しに次の観劇を考えていた矢先、姪の就職が決まった。就職祝いも兼ねて、姪には今の歌舞伎座の姿を瞼に焼き付けておいてもらいたいという思いから観劇の算段をしたが、チケットを取るのは予想外に困難だった。かろうじて取れたのは二階の最後尾、花道はほとんど見えない。昔、歌舞伎専門誌の愛読者の会の会員だった頃、交流観劇会で二月歌舞伎に出かけたことがあった。二階席の中ほどから後ろは空席が目立ち、座りたい場所が選り取り見取りだった。心なしか、舞台にも隙間風が吹いているような気がした。それに比べると今回の超満員の歌舞伎座は、幕が開く前からすでに熱気に包まれている。まるで行く春を惜しむように、皆がこの劇場との名残を惜しんでいる。

二十代の姪、八十代の母、五十代の私と三世代で並んで座席に着きながら、不思議な感慨にひたった。この劇場とのお付き合いも随分長くなったものである。一番最初にここを訪れたのはまだ二十代前半、デザイン事務所に勤め出した頃だった。

私の歌舞伎遍歴は、京都南座の素人顔見世興行に学生アルバイトで参加したところから始まった。以来、学生割引でせっせと南座に通ったが、京都での歌舞伎公演は年に二、三度しかない。毎月、しかも三箇所で歌舞伎公演があるという東京が羨ましくてならなかった。東京で暮らすようになったら是非毎月見に行こうと心に決めた。実際に都内での暮らしが始まると、経済的、時間的理由でとても毎月は無理だったが、それでも許される限り通った。

もっと深く歌舞伎を知りたくなり、歌舞伎専門誌を購読し、その愛読者の会にも入会した。毎月八丁堀で催される例会にもマメに参加した。ここには老若男女の芝居好きが大勢集い、その月の出し物の感想を楽しげに述べ合うのである。編集部からも月替わりで担当者が加わり、興味深い話を聞かせてくれた。会員は高齢者が多かったが、理屈や押し付けがましい話などは聞こえてこない。流石に芝居好きの人達は粋なものだ。若輩者の私がトンチンカンな感想を口にしてもやんわりと受け止めてくれ、どうしたら芝居の醍醐味がわかるようになるかと問うと、さらりとこう応えた。

「長く芝居を見続けることが芝居をわかるようになる秘訣ですよ。末永く歌舞伎を愛好してください」

歌舞伎の楽しさは理屈ではない、芝居好きの老人はそう諭してくれたのだ。無形の財産をいただいたような気がした。東京暮らしで一番の収穫は歌舞伎と気軽につき合えたことだろう。あの頃は自分が失明するなどとは予想もしなかった。この幸せな時間がずっと続くものと信じて疑わなかった。

眼病のために全ての楽しみを断念せざるを得なくなったのはそれから二、三年後のことである。歌舞伎座との縁もふっつりと切れた。長い空白を経て再び歌舞伎座に足が向いたのは十年と少し前、長唄三味線を習いだしてからのことだ。見えないなりに楽しめるかもしれない、そんな風に発想を変えて久しぶりに歌舞伎見物に出かけたら、予想外に堪能できた。役者の台詞回し、下座音楽、耳から入ってくる情報だけでも舞台の進行を想像することができる。歌舞伎熱が蘇ってきた。

二月の歌舞伎座の演目は一番目が『賀の祝い』二番目の踊りが『道成寺』そして三番目が『文七元結』、春らしい明るい色彩の舞台で、これなら初心者の姪っ子も喜ぶに違いない。そんな手前味噌なことを考えながら舞台から聞こえてくる義太夫演奏に耳を傾けた。

『賀の祝い』は『菅原伝授手習鑑』の一幕だ。菅原道真が大宰府に流された政治的陰謀を軸に、主人公の松王丸、梅王丸、桜丸の三兄弟が義理と人情のドラマを展開する。賀の祝いとは彼らの父親・白太夫の七十歳の誕生日を指す。春の一日、父親を祝う嫁達ののどかな様子から始まって、松王と梅王の喧嘩、そして恩義ある人への義理から切腹して果てる桜丸の悲劇と、たった一日のうちに人生の光と影が描かれる叙情的な芝居だ。昔、愛読者の会の芝居好きから聞かされた言葉がしきりに蘇ってくる。いわく、「最近は冒頭の嫁達の御馳走造りの場面がカットされることが多いが、あののどかさがあってこそ、終盤の桜丸の悲劇が引き立つのだ。ストーリーに直接関係ない部分を切り捨ててしまうと芝居が味も素っ気もなくなる」うんぬん。

当時はわからなかったその言葉の奥行きを、今しみじみと噛み締めている。人の言葉は心の中で生き続けている。あの芝居好きの老人達はあれからどうしただろう。あの内の何人かはまだこの劇場に足を運んでいるだろうか。

長い空白期間を経て再び劇場に通うようになって以来、歳月の重みをつくづく感じる。上演される演目は変わらなくとも役者はどんどん様変わりしている。かつて大幹部だった役者達はことごとくこの世を去り、若手花形が重鎮となり、彼らの息子が今や花形として脚光を浴びている。当然私も年をとった。そして来年は歌舞伎座自体も姿を消す。ただ変わらないのは、浮世の憂さを忘れて夢の世界に遊ぼうと劇場に足を運んでくる観客と、浮世離れした世界を舞台上に体現して見せる役者達の心意気である。

さて、二番目の『道成寺』が始まった。女方舞踊の最高峰、『京鹿子娘道成寺』には変形が数々作られていて、今回は主人公の花子を二人で踊る『二人道成寺』だ。実力伯仲の女形の競演が眼目の出し物だが、今回のようにベテラン玉三郎と若手菊之助という組み合わせも新鮮で、これが昼の部の客達の一番のお目当てのようだ。

幕前で花見に繰り出した所化達と白拍子・花子の軽妙な問答が始まった。義太夫がからみ、観劇の気分を一層弾ませる。かつて見てきた絢爛豪華な舞台が脳裏に蘇る。随分様々な役者が花子を踊っていた。サンシャイン劇場のこけら落としでは菊之助の父、菊五郎と玉三郎の『女男道成寺』を見た。双方ともまばゆいばかりの役者ぶりだった。三十年の歳月が流れ、今の菊五郎はもっぱらかつての松緑の当たり役、生世話の主人公を演じる年恰好になってしまった。一方の玉三郎はまだ美貌を保っている。それでも年々、体が効かなくなってきたので、今のうちに自分の身に付けた芸を後進に伝えておきたいという。時分の花・菊之助、芸の花・玉三郎という取り合わせはさぞ見事な花を舞台に咲かせているだろう。姪はオペラグラスを覗き込んで、「きれい、きれい!」と夢中になっている。私は客席の反応から二人の役者の姿を想像しつつ、長唄演奏に聞き入った。

　花の外には松ばかり　花の外には松ばかり
　暮れ初めて　鐘や響くらん

やはり名曲だ。初めてこの曲を耳にした日からすっかり邦楽に見せられてしまった。

「エミコちゃん、邦楽百選が始まりますよ」

その昔、下宿先の大家はたいそう芝居好きのお婆さんで、私が歌舞伎ファンと知ると芝居関係の放送がある度に声をかけてくれたものだった。古い楽譜を引っ張り出してきて、テレビの前で一緒に歌おうと言うのだ。苦笑しながら声を合わせた。そのときはお婆さん孝行をしているつもりだったが、後になって気づけば、大変貴重な経験をさせてもらっていたのだ。もうあのお婆さんに今生で会うこともない。歳月は確実に流れている。『鞨唄』で座わったまま滑らかに舞台上を巡る踊り手の妙味にじわがくる。所化が花笠を持って「いずれ兄やら弟やら」と賑やかに踊る。それに続く三味線の有名な合方、チンチリレン。一糸乱れぬ見事な演奏だ。胸が躍る。十丁十枚の豪華な長唄演奏に涙がこみ上げてくる。洋楽専門の姪にもこの迫力が伝わっただろうか。世の中は順送りだ。私も多くの先人から沢山の財産を頂いてきた。一緒に観劇したこの時間が、後になって姪の中で肥やしとなり、思いがけないものに育っていくことを祈る。

巨大な鐘が降りてきて、道成寺は幕となった。初夜の鐘を突くときは諸行無常と響くなり。次に揃って観劇に来るときは、観客も役者も劇場も様変わりしている。

「雷鼓」二〇〇九年春号

小夏

　高知出身の友人が送ってくれる小夏という南国生まれの果物、その芳醇な味わいを毎年楽しみにしていたが、同じく小夏を送られていた東京の友人は果肉を堪能するにとどまらず、種を蒔いて観葉植物に育て、鉢植えにしてプレゼントしてくれた。

　その小夏の葉を毎年蝶の幼虫が食い尽くす。丸坊主になった小夏の木にせっせと水やりをしながら、植物を育てているのか幼虫を養っているのかわからないと母はボヤいている。ここ十年ほど繰り返されてきた我が家の夏の風景だ。

　十数年前、関東ではあまり知られていない小夏という柑橘系の果物を、高知出身の友人ユリちゃんが贈ってくれた。高知の名産なら土佐ブンタンが有名だが、彼女曰く、小夏は知る人ぞ知る美味な果物だという。ブンタンより少し遅れて収穫され、掌に乗るほどの大きさの果実の頭には必ずといっていいほど濃緑色の流線型の葉が二枚付いている。それがいかにも涼しげで、小夏という名称に相応しい。見た目ばかりではない。柔らかな袋ごと食べられる果肉もトロリと滑らかで品が良い。小夏という名前と愛らしい外見と上品な味、まるでお姫様のような果物だ。以後、初夏になると季節の御挨拶のように細長い葉をピンと張った果物が届けられた。

ある年、ユリちゃんと共通の友人である陽子さんが鉢植えの木を手土産にやって来た。彼女のところにも毎年同様に小夏が届く。思いついて食べ終った後の種を水栽培してみたらいくつかが芽吹いた。すくすくと育ってきたので鉢に植え替えたところ立派な木になった。その鉢の一つを持参してくれたのだ。幹は細いがそこから豊かに茂る葉は紛れもないあの果実に付いた緑色の葉と同じものだった。私は手を叩いて喜んだ。植物の生命力もすごいが、小さな種からここまで育て上げた洋子さんの根気もたいしたものだ。

彼女は看護師として多忙な日々を送っている。真面目な人柄で仕事に妥協を許さない。患者さん達への対応で神経をすり減らしてもいる。それなのにと言うべきか、それだからこそなのか、アパートのベランダでメダカを飼い、アフリカの子供の里親になり、定期的に支援金を送っている。そして小夏の種をこんな立派な木に育て上げた。愛情深い人なのだ。この点は前記のユリちゃんも同じで、彼女も看護師、そして二人とも独身だ。家族がいればそちらに注いだであろう愛情を、仕事や社会活動、その他諸々の命あるものにふんだんに注いでいる。

そんな友人の愛情の結晶のような小夏の鉢を、当初は治療室の窓辺に置いた。来客達が珍しがって喜んでくれたが、ヒョロヒョロと丈ばかり伸びて頼りない。庭に下ろして直接日光に当てる方が良いかと思い、母に管理を任せることにした。

一旦手放すと小夏がどういう状態になったか盲目の私には把握できない。ある日ふと思い出して母に問うと、花壇の隅に並べておいたら、いつの間にかイモ虫が葉っぱを食べ尽くしてしまったというので驚いた。

「ああ、イモ虫がたかっているなあと思ってたんだけど、気づいたらすっかり丸坊主にされちゃってたのよ」

平然と言う。この母は害虫と見れば情け容赦なく退治する人だ。ゴキブリを目にすれば食事中といえどもスリッパをふり上げて追い回し、地べたを這いずっている小さな毒蛾を見れば一、二、三ッ！　とかけ声をかけながら踏み潰し、潰れた瞬間のプチッという感触が快感だと言ってのける。それが何故小夏の木にとり付いたイモ虫を退治しないのか？　すると母はケロリとこう言った。

「イモ虫と目が合っちゃったんだもの」

丸坊主になりかけた小夏の木の先端の若芽にしがみついて途方に暮れたように身をくね

らせているイモ虫を見つけ、ひねり潰そうと手を伸ばしかけると虫の小さな目と視線が合ってしまった。それで殺せなくなったというのだ。更に開き直ってこう言った。

「小夏の木は元気だから、どうせすぐに新しい葉っぱを伸ばしてくるわよ」

どんな哀れな姿にされてしまったのかと気になって庭先に降り、手探りしてみると見事に葉っぱを食べ尽くされた小夏はアンテナか棒切れのような状態になっていた。それでも幹の先端にはわずかばかりの柔らかな芽が出かかっている。母の言う通り、ここは小夏の生命力に賭けるしかないと思った。

しばらくの間、母は口を開けば小夏に取りついたイモ虫の話ばかりした。虫は母を見上げ、腹が減ったと訴えるような仕草を見せるという。丸坊主の木からすぐに葉っぱが茂ってくる筈もない。気の毒だけど辛抱しなさい、と虫に言い聞かせたそうだ。だがある朝、虫は木から下りて花壇の仕切りのレンガの上をトコトコと歩いていた。新しい葉が茂るまで待ち切れなかったのか。アゲハチョウの幼虫が食べるのは柑橘類か山椒の葉に限られている。それを探していたのかもしれない。もう少し辛抱するよう虫に言い聞かせて小夏の木に戻したが、夕方見ると虫はまた木から降りて庭先をウロついていた。それきりどこかへ姿を消してしまったそうだ。ちょっぴり虫に同情した。あんなか細い若木に卵を産み付けるなど、親の蝶の判断が間違っていたのだ。成虫になるまでにどのくらいの葉っぱが必要か計算できなかったのだろうか。乏しい葉の元に産み付けられた卵の不運だ。

小夏が大木に育ったら、アゲハチョウを何匹も養ってやれるだけの葉っぱを茂らせることができるだろう。そうしたらたかがイモ虫一匹に目くじらを立てることもない。考えたらあのイモ虫はもうそろそろサナギになる時期だったのかもしれない。木から下りて適当な場所を探していたのだろう。

数年の間同じことが繰り返された。春にアゲハ蝶が小夏の木に卵を産みつけ、それが孵化し、せっかく盛り返した小夏の葉は夏の間に食べつくされてしまう。丸坊主にされても一冬超える頃には見事に復活し、また食べられ、復活する。最初の頃こそ大事な木をメチャメチャにされたと憤慨した私も、どうせまた復活するさと鷹揚に構えるようになった。

ところが今年はいつもと違う展開だった。まずアゲハチョウが卵を産み付けに来なかった。母の非科学的な説によるとイモ虫は去年引っ越して行ったのだという。夏のさなかにイモ虫が小夏の木から下りて庭を横切り、道路の向こうへ出て行く姿を目撃したというのだ。サナギになるためではないかと指摘すると、いや、あれは引っ越して行ったのだと譲らない。だからもう今年はうちの庭には来ないというのだ。去年のイモ虫が引っ越して行ったとしても、毎年産み付けられる卵は別口のものだと私は笑ったが、母の非科学的な言い分が正しかったのか、今年はついにイモ虫は出現しなかった。

だが食われなかった割に不思議と木は枯れかけている。小夏にも異変が起きたのだ。春先には小さな実をびっしり付けたが、あっという間に全部落ちた。母が言うには、これらの一連の変化は小夏が鉢に納まり切れないほど成長したせいだという。もっと大きな鉢に植え替えるか、地植えにしてやらなければ根が詰まって呼吸できなくなっているらしい。あれだけ虫に食われても枯れなかったしぶとい木だ。地植えにしたらどこまで勢いづいて根を張ることか。そうなったら年老いた母と盲目の私の手には負えない。せっかくここまで育ててきた木を枯らすのは忍びないが、これが鉢植えの木の宿命かもしれない。

丹精込めて育てた友人に申し訳ない気持ちで小夏の幹を撫でた。数年間風雪にさらされてきた木肌はひび割れた老木の風情を漂わせていた。

「雷鼓」二〇〇八年秋号

あやめ浴衣

今日の晴れ着に風薫る
あやめ浴衣の白かさね

安政六年に作られた長唄『あやめ浴衣』は、当時の人気女形、芳沢あやめの名にちなんだ浴衣を売り出すために作られた曲だという。我が国で最初のＣＭソング、現代ならさしずめ「玉三郎好みの浴衣」というところか。浴衣がテーマの初夏らしい爽やかな印象の曲で、三味線のおさらい会にもよく演奏される。今年五月の杵勝会の恒例国立劇場公演の幕開けもこの曲だった。そしてこれが私の国立劇場デビューとなった。

私が長唄三味線を習い始めたのは約十五年程前になる。自宅で治療院を開業して仕事一途に暮らしていた頃、生活に潤いが欲しくなって習い始めた。もともと音楽が好きで、子供の頃はピアノ、社会人になってからは音大生の友人にバイオリンの手ほどきを受けたが、視力障害が進み、楽譜を読むのが困難になって断念した。以来楽器に触れる機会はなかったが、ふとしたきっかけで再び音楽好きの虫が騒ぎ出し、縁あって長唄三味線を習うことになった。

長唄は歌舞伎の下座音楽だ。もともと歌舞伎ファンだった私は歌舞伎座に通い詰めたこともあったが、失明して以来芝居見物から遠ざかっていた。三味線を習うようになって歌舞伎熱も再燃した。音を聞けば昔見た舞台が鮮やかに脳裏に蘇ってくる。

最初に手ほどきしてくれた師匠は楽しく弾くことを教えてくれた。数年前から師事している現在の師匠は女流プロとして長年舞台を勤めてきた人で、基本にとても厳しい。勘所からバチさばきまで白紙に戻して徹底的に仕込まれ、三年前に恥かしながら名取りとなった。師匠は長唄の数ある流派の中でも最も大きな組織「杵勝会」に所属している。従って私もその末席に名を連ねることとなった。名取りである以上、会の恒例の国立劇場公演の合奏曲には参加しなければならない。未熟な腕で国立劇場出演はおこがましいと何度も辞退したが、今年はようやく腹が決まった。

合奏の演目『あやめ浴衣』は先に述べたように人気女形の好みの浴衣の宣伝として、当時の女性達の購買意欲をそそるために創られた曲だ。だが現代のＣＭソングに比べると悠長な表現が逆に新鮮で、江戸のゆったりとした空気感が伝わってくる気がする。

さて、本番前には下ざらえがあり、二日間都内へ通わねばならない。着物姿で白杖を突きながら電車を乗り継いで出かける行程を考えると少々気が重い。盲人の私が一人で大荷物を背負って出かけるのは不可能だ。かつてどこまでも付き合ってくれた母も齢八十を過ぎて足腰が弱り、娘のお世話どころではなくなった。大阪在住の妹だけが頼りだ。子育てもほぼ終わり、何とか都合をつけて飛んできてくれた。長唄の世界を覗いてみたい興味もあったのだろう。

当日は生憎の雨模様で道中は予想以上に苦労した。ただでさえ着慣れぬ着物の上に更に雨合羽を着たら簀巻き状態で歩幅が広がらない。道具類を詰め込んだバッグを下げた手で白杖を握り、もう片手は妹に引かれながら駅の階段を上り下り、雑踏の中を行く。ヨチヨチ歩きしかできない自分がもどかしく、ときどき癇癪を起こして妹に当たる。妹も内心は腹立たしいだろうが中途失明の姉を労わらねばと我慢し、三味線を背負い、傘を差しかけてガイドしてくれる。お互いに難行苦行だ。

本番の日は特に雨足が強く、楽器を抱えて神経を使った。汗みどろになって国立劇場の楽屋口を探し当て、指定された和室の大部屋に入って行くと、足の踏み場もないほどの混雑ぶりだった。人いきれと湿気で更に全身から汗が吹き出てくる。部屋の片隅に陣取って汗を拭き拭き準備を整える。妹に化粧を施してもらううちにたちまち時間が迫ってきた。本番三十分前には舞台の定位置に着かねばならない。総勢八十名が五段の雛壇に整然と並ぶのだから大変だ。上の段の者から先に上がるようにとのお達しで、楽屋に犇いていた出演者達はぞろぞろと列をなして舞台裏に移動し始めた。視力障害者の私は安全を期して下段に座るようにとの有り難い配慮である。

三月の震災以来の節電で楽屋はほとんど冷房が効いていなかった。舞台へ上がれば涼しいだろうと期待していたが、あにはからんや、こちらの方が更に暑い。掌の大汗を拭い続けたハンドタオルは水が滴りそうに濡れそぼっている。定位置に着いて三味線を構えながら、象牙のバチを握る右手が汗で滑るのではないか、糸を押さえる左手が竿にべったり貼り付いてしまわないか不安になった。師匠は修行を積めばそんなことは克服できると言っていたが、未熟な私はどう逆立ちしても精神力で汗を抑えることなどできない。だが八代目家元の溌剌とした声が響いた瞬間、不安は吹っ飛んだ。人間国宝の先代杵屋勝三郎氏が去年他界し、その後を継いだ若い勝三郎氏は元気一杯だ。張りのある声で糸の調子合わせの号令をかけた。

テテテテン、トトトトトン、ドドドドドン、出演者全員が揃っての調子合わせは流石に迫力がある。一バチごとに気合が入ってくるのが実感できる。

目前の薄闇を見つめながら、立派な緞帳がかかっていることを想像する。その向こうの客席では大勢の観客が幕が上がるのを待ちかねているだろう。目が見えていたら、緞帳を前にして口から心臓が飛び出しそうに緊張しているに違いない。だが、ぼんやりと形の定まらない世界しか見えない目には現実の実感はない。切実なのは自分の汗と折り合いをつけること、度忘れしても楽譜を見るのは不可能なので、絶対に間違えないことだけだ。

一瞬、全ての気配が消えた。全神経を研ぎ澄ませていると、緞帳が上がる低いモーターの唸りが聞こえてきた。とたんに頭上がチリチリと熱くなる。頭に血が上ったかと思ったが、違った。舞台のライトが一斉に灯ったのだ。これはたまらない。ますます汗だくになりそうだ。次の瞬間、家元の掛け声が高らかに響いた。考えるより先にバチを握った手が素早く反応する。一糸乱れぬ三味線の音が舞台一杯に鳴り響いた。

『あやめ浴衣』の前弾きは威勢がいい。とりわけ杵勝会の演奏は派手で激しいといわれている。確かに非常にテンポが速い。ついていくのに必死だ。どうにか外さずに前引きを終えると、ゆったりとした唄が始まった。

おもてははなだ　むらさきに
裏むらさきの　朱奪う

くれないもまた重ぬるもまた
それは丹後の辻が花

ここは唄の聞かせ処、三味線の手は難しいものではない。バチを握る手から力みが取れ、自分の音に耳を傾ける余裕も出てきた。問題は二上がりになるときの転調だ。長唄三味線は曲の最中に何度も糸を巻いたネジを捻って調子を変える。私はこの操作が下手で、特に本番用の象牙のネジは表面がツルツルしているので手が滑ってうまく捻ることができない。見かねた師匠が密かにネジの上に布テープを貼り付けて捻り易くしてくれたのでこれで万全と安心していたが、いざ二上がりの段になったらネジが硬くてビクともしない。しまった！　内心焦った。さっき楽屋でプロの男性演奏家が見回りに来て念のためにともう一度調子を整えてくれたのだ。それはよいが、男の力で捻ったので締め方がきつ過ぎる。これでは歯が立たない。モタモタしてもいられず二の糸が上がらないまま引き続け、スキを見て再びネジを握った。やはり動かない。こういうこともあろうかと、脇に忍ばせておいたスペアの膝ゴムを掴み、機を見てもう一度ネジを回すとようやく上がった。が、息をつく間もなく曲は三下がりに変わる。今度は一の糸を上げねばならない。膝ゴムで一の糸のネジを回す。微妙に調子が合わないのはこの際目をつぶる。

ピーヒャラドンドンと賑やかなお囃子が入って急に軽快な曲調になった。ここからは川に浮かんだ舟の描写だ。

チャラリチャラリチャン、つくだと呼ばれる三味線の手が繰り返し奏でられる。いかにもユラユラと川を漕ぎ渡っていく情感たっぷりの表現だ。その昔、江戸の芝居小屋でこの曲が披露された頃はクーラーも扇風機もなかった。客達は団扇や扇子に涼を求めながらの観劇だった。それでも現代よりはずっと涼しい夏だった筈だ。芝居が撥ねて外に出れば、初夏の川風がさぞや心地よかったろう。

「はい、お疲れ様」

妹に手を引かれて舞台を降り、楽屋に戻る。肌着がべったりと背中に貼り付いている。あやめ浴衣どころではない。汗だく浴衣だ。それでも無事に演奏を終えて、気分だけは江戸の川風のように爽やかだった。

「文章歩道」二〇一一年秋号

枇杷の実

　今年は豊作だったから鳥に根こそぎ捕られずに済みましたと、治療客のOさんがもぎたての枇杷の実を紙袋一杯抱えてやって来た。飾って下さいと艶やかな葉を茂らせた一枝も添えてある。

　我が家はお貰い屋さんだねと母が笑った。母娘二人のつましい暮らしだが、治療院を開業しているおかげで人の出入りが絶えず、客達から頂く手作りの野菜や花、果物が季節の華やぎや潤いまで運んできてくれる。枇杷の実を持ってきてくれたOさん宅には野放し状態の草木が生い茂っているそうだ。リンスに用いると具合がいいと、ローズマリーを両手に抱え切れないほど持ってきてくれたこともあった。今日は枇杷だ。さっそく母が瑞々しい葉がピンと張った枝を玄関先に飾ると、O家の野性味溢れる庭が我が家へ移し変えられたような趣になり、他の治療客が初夏らしいと褒めてくれた。

「今年は枇杷の当り年ですね。うちの園でもこの間どっさり収穫して食べたんですよ」

話好きの保育園の先生が玄関先の枇杷の枝に事寄せて語りだした。寺の敷地内に建つ保育園は自然環境豊かで、園児達が虫や植物に親しむ機会に恵まれ、園内の枇杷の実も毎年もいで食べているそうだ。木登りの得意な先生が枇杷の木によじ登って実をもぎる役、それを下で受け止める先生方は、傘を逆さまに構えて投げ落とされる実を上手にキャッチするという。何とものどかな風景だ。さぞや園児達も喜ぶだろうと思ったらあにはからんや、お相伴に預かったのは大人だけだった。

「子供達にももぎたての枇杷の実をその場で味わわせてやりたいんですけどねえ」

今の保育園では戸外で拾ったり収穫した木の実や果実を子供達に食べさせるのは御法度だというから驚く。給食やおやつに出す食べ物も全て加熱加工したものに限るという。数年前にO157による食中毒が問題となって以来の処置だそうだ。

「一番かわいそうなのは子供達ですよねえ」

保育園の先生の話はいつも最後は溜息で締めくくられる。あれもダメ、これもダメ。子供達を危険物から遠ざけることに主眼が置かれていて、自然の中でのびのびと育てることは二の次だ。

保育士の先生の治療を終えて居間へ行くと、O家の枇杷の盛られた笊が待っていた。指先で探るとらっきょうほどの大きさだった。市販の立派な枇杷より二回りほど小さいが、パクリと口に含むと意外に味が濃い。

実を言うと枇杷を美味しいと思ったことはほとんどない。ふっくらとした外観から受ける印象と実際の味には落差がある。それに加えて私は枇杷という果物にこだわりを持っている。子供時代に読んだ坪田譲治の童話集『ビワの実』の影響だろう。

小学校三年の時、腹膜炎寸前で緊急入院した病床で読むように母が買ってくれたのが上記の『ビワの実』だった。坪田譲二の独特の幻想的な童話の世界に、手術の傷の痛みも忘れて夢中で読みふけった。中でも表題の『ビワの実』は飽きもせず繰り返し読んだ。

木こりの金十は正体不明の金色の果実を拾って食べ、その種を地面に埋めた。すぐさま芽が出て驚異的な早さで育ち、金色の実を実らせると、鳳凰の群れが飛んできて残らず食べてしまったという。

種を埋めるとたちまち大木に育つところは『ジャックと豆の木』に類似しているが、深夜の闇に照り輝く金色の実やそれを取り囲む鳳凰の群れの乱舞などは神秘的な幻想性に溢れている。確かに枇杷の黒く艶やかな種からは何やら得体の知れない木が生えてきそうだ。

木こりの金十が夜中に食べた瑞々しい果実はとろけるように甘美だったという。水を飲むのも禁じられていた手術後の一時期、私は渇望し、金色の果実を食べてみたい欲求にかられた。だが実際の枇杷の実には魔術的な味わいなどなかった。外観は如何にも瑞々しいが、曖昧模糊とした掴みどころのない味、それが約四十年間の私の枇杷に対する認識だ。だがOさんの枇杷の実はそのイメージを払拭させる味わいだった。去年は殆ど鳥に食べ尽くされたらしいが、今年はどこの家の枇杷も豊作なので流石の鳥達も食べ切れなかったらしい。おかげで私達親子の口にも回ってきたのだ。

小さな実を摘み上げては指先で皮を剥き、口に放り込む。それが後を引いて一個また一個と摘んでいるうちに籠の中に種と皮がうず高く積み上がる。何だか鳥になった気分だ。

枇杷の木を庭に植えている家は意外に多い。昔から枇杷の葉は民間療法に用いられ、南天やユキノシタ、ツワブキなどとともに庭先に植えて薬として利用されている、いわゆる「自家薬籠中」という奴だ。昔、我が家にも薬用の木は何本かあったが、枇杷や桃の木はなかった。隣家の庭には枇杷の木がある。それが羨ましくて、うちにも枇杷の木を植えて欲しいと母に言うと、実の生る木はまめに手入れをしなければならないので、年寄のいる家でないと育たないという答。これを聞くと今度は年寄のいる家が羨ましくなった。

父の実家には我が家にないものが色々あった。仏壇、お婆さん、それに果樹だ。実が実ると叔父が梯子をかけて収穫し、胡桃の実は炒って砂糖をからめたものを、ポウポウの実はもぎたてのものをご馳走してくれた。Oさんの枇杷をほおばると、そんな記憶が蘇ってくる。ポウポウの実は形容し難い味だったが、庭先の木からもいで食べるという行為そのものが格別な味わいだったような気がする。今の保育園では戸外に実った木の実をもいで食べるのは禁止されている。何ごとも管理されて子供達は窮々としている。

最近、家の近所の利根川河畔を知人に付き添われて散歩した。堤防から遊水地を下ってくる途上で知人は自生している桑の木を目ざとく見つけ、その実を摘んでくれた。私の白杖を器用に使って枝を手繰り寄せ、ところどころに顔を見せている桑の実を片っ端からもぎったのだ。鉄色の粒々の姿を思い浮かべながら口に含むと渋みのある独特の野生味が懐かしかった。

幼い頃、幼稚園や小学校の帰り道にわざと遠回りをして田んぼの畦道や野原で道草を食い、手当たり次第に草の実や花を採って遊んだ。摘んで掴んで引きちぎり、口に含んで噛んで嘗め回す。ほのかに甘かったり粉っぽかったり苦かったり、中には半分虫に齧られた実もあった。身体感覚を総動員してそれらの感触を身の内に取り込む。命の大切さなどと大袈裟なものではないが、自然と遊び戯れる楽しさだけは体が知っていた。

○さんの枇杷の実が残りわずかになった。少しだけ残しても仕方がないから食べてしまいなさいよと母が言う。種や皮の山の中から小さな実を摘み出す。陽を一杯に浴びて育った瑞々しい感触が喉に滴り落ちていく。木こりの金十がゴクリゴクリと飲み干した金色の果実はきっとこんなだったろう。ゆっくりと味わいながら想像する。保育士の指先が濃緑色の葉を掻き分けて小さな実を探り当て、素早くそれをもぎり採る。梅雨入りしたとは思えぬ澄んだ青空の中に、生毛にくるまれた果実が金色に輝いて弧を描く。歓声を上げながら受け止めようとする無数の手、大人ばかりではなく、園児達の小さな手も混じっている。彼らの頭上に降り落ちてくる金十が見た幻想の実そっくりの金色の実、私は名残惜しく最後の一個を口に含んだ。

「文章歩道」二〇〇七年秋号

胡麻豆腐

　ひんやり滑らかな感触の胡麻豆腐を一口、口に運ぶ。とろりと口の中いっぱいに涼しさが広がっていく食感が好きで、毎年お盆前には高野山から取り寄せる。ツルリと喉越しが良く栄養価も高いので、体力の落ちている人にも喜ばれる。友人のフクちゃんも胡麻豆腐が好物だった。去年の夏、自宅療養中と聞いてさっそく胡麻豆腐を送ると、しばらくしてお礼の電話がかかってきた。別人かと思うほどろれつが回らず、弱々しい声だったが、口ぶりだけはいつものフクちゃんだった。

「私の声、変わってないでしょ？」

　精一杯力をふりしぼってそう尋ねるので、全然変わらない、元気そうだとこちらも明るく答えた。秋になったらまた会おうねと約束して電話を切ったが、それきりフクちゃんと言葉を交わすことはなかった。

フクちゃんと私は十五年前、中途失明者のための教育機関の点字講習会で知り合った。二人ともほぼ全盲に近い状態だったが、彼女には暗さのかけらもなかった。視力障害者の友人がいなかった私にとって彼女の一挙一動は驚異だった。こんな私でも涙で枕を濡らす日もあるのよ、などと言ってはケラケラ笑う。自分の不幸を冗談のネタにして笑い飛ばしている。側溝にはまって転び、腰や大腿を打撲したときもこうのたまった。

「やあだ、写真集が出せなくなっちゃうじゃない！」

一事が万事そんな調子だ。己の障害をようやく受け入れ、これから先どうやって生きていこうかというスタートラインに立ったばかりの私にとって彼女は貴重なお手本だった。

点字講習会が終わってもフクちゃんとの交流は続いた。都内からはるばる茨城の私の家まで治療を受けに通ってきては様々な話題を提供してくれた。私より五歳年上のチャキチャキの江戸っ子で、特に学歴はないが主婦業やパートの仕事を通じて生きる知恵を身につけてきた人だった。昭和三十年代を舞台にした映画『ALWAYS三丁目の夕日』はまさに自分自身の歴史そのものだという。浅草での子供時代、日曜日の楽しみは家族全員揃って近所の中華そば屋でお昼を食べることだった。食べ終わると店の前の空地から建設中の東京タワーを眺めた。その当時は浅草から芝の東京タワーまでスコーンと見晴らし良く見えていたのだ。日増しに高くなっていくタワーを父親はうれしそうに眺めていたというが、その父が後に行方を眩ました。癌で入院していた母の退院祝いの日だった。フクちゃんには常に身内の不幸がつきまとう。生まれつき病弱だった妹は二人の娘を残して病死、弟の妻も若くして死亡、フクちゃんのご主人も心臓病で入院、気風の良い彼女はそんな身内をまとめて面倒見ていた。疫病神が逃げ出すほど潔く運命を笑い飛ばす。この人には到底かなわないと思った。

フクちゃんが築地の癌センターに入院したと聞いたのは数年前。母とともに見舞いに出向いたら、普段は強気の彼女がいきなり母にすがりついて泣いた。年下の私には弱味を見せないフクちゃんだが、我が母にだけは弱さを曝け出す。先輩母として心を許していたのか、実の母親には頼られるばかりで甘えさせてもらえなかった分、我が母に甘えていたのか、小柄な母にすがりついてひとしきり泣くと、ケロリといつものフクちゃんに戻った。

どこへ行っても彼女は人気者で、癌病棟の患者達からも慕われた。朝っぱらから病室で女子会を繰り広げ、窘《たしな》めに来た看護士にまで「ビールとおつまみ持ってきて」と要求する。抗癌剤の副作用で頭髪が抜け落ちるとそれを逆手に取ってウィッグを二つも買い込んで楽しむ。これには担当医師も脱帽し、「他の患者達に爪の垢でも煎じて飲ませたい」とのたまった。それに対してフクちゃんの答えがふるっている。

「じゃあ私は先生達の希望の星ってことね」

だが癌という病は甘くなかった。一つ克服すると新たな癌が発生し、手術、抗癌剤投与を繰り返す暮らしが数年続いた。さすがのフクちゃんも退院する度にやせ細り、我が家を訪問する体力もなくなった。それでも家事は続け、幼い孫の面倒も見ていた。こき使われちゃってさあ、と屈託なく笑いながら楽しそうだった。寝たきりで人に介護されることだけは嫌だったのだろう。誰にも知らせず密かにこの世を去りたいとも言っていた。

去年の暮れはフクちゃんの喪の通知を恐れていたが、幸い届かなかった。無事に年を越したかと安どしたら、新年早々ご主人から電話があり、半年前に亡くなっていたという。多分あの電話の後すぐだったのだ。思い通りに逝っちゃったと笑っているフクちゃんの声が聞こえるようだった。

母とお盆の食卓に並べた胡麻豆腐に舌鼓を打つ。あと何回こんな贅沢が味わえるだろうと考えながら、亡き友に思いを馳せる。

「フクちゃんって友達がいてね」

まだ彼女が生きているかのように私は知人達に話す。途轍もなく明るい人で、家族思いで働き者で、云々。話していると、本当に彼女が傍らで笑っているような気がしてくる。

「雷鼓」二〇一六年秋号

ひぐらし

ひぐらしにはこだわりがある。今年こそひぐらしの声を満喫したいと思い、知人友人達にひぐらしの声が聞けそうな場所を教えてもらうのだが結局その思いを果たせぬまま夏が過ぎて行く。そんな夏を何度も繰り返してきた。それだけひぐらしが身近にいなくなったのだろう。

ひぐらしにこだわるようになったきっかけは、十数年前に金沢の友人宅に遊びに行った折、近辺の里山でひぐらしの声に魅了されたことから始まる。山頂の池の周辺を散策していると、四方八方からカナカナカナという涼しい声が重なり合って聞こえてきた。まるで天の羽衣がフワリフワリと宙にたゆたっているような感触だ。現世のものとも思われず、しばしうっとりと聞きほれてしまった。子供の頃から当たり前のように聞いていた声が、その日を境に特別に高価なものに変容した。

自宅に帰ってからもあの羽のような輪唱が忘れられず、もう一度聞きたいと切に願った。だが改めて探すと、昔はどこでも聞こえた筈のその声になかなか出合えない。蝉も種類によってテリトリーがあり、どこでもどの蝉もという訳にはいかないようだ。ひぐらしは小型で繁殖力が弱く、ごく限られた地域にしか生息していないらしい。特にクマゼミがどんどん北上してテリトリーを広げてきた昨今は、ひぐらしの生息地は狭まるばかりだという。

それでもというべきか、だからこそなのか、世間にはひぐらしのファンが意外に多い。他の騒がしい蝉とは一味違うあの涼し気な声が心を和ませるのだろう。ひぐらし研究家を名乗る人にも出会った。彼のデータによれば、早朝と夕暮れの声は半音違うという。日がな一日耳を澄ませてひぐらしの声に聞き入っているのだろうか。その淡々とした話しぶりがいかにもひぐらし研究家の風情だった。

ある年は、友人の堤さんからの情報で筑波山の奥の布引観音の山中まで連れて行ってもらった。夕暮れに多く聞こえるというので森の中で辛抱強く待ったが、聞こえてくるのはツクツクボウシの声ばかり、それが鳴き止んだらひぐらしが鳴き始める筈だという言葉を信じてじっと待ち続けるうちに日がとっぷりと暮れ、闇に包まれた森の中で鳴き始めたのは虫の音だった。

翌年、手賀沼のほとりの青年の家で働いている友人の阿部さんが、毎朝森の中でひぐらしが大合唱をしているからと早朝に迎えにきてくれた。一路手賀沼に向かったが、阿部さんは同乗した母の俳句作りに役立つようにと気をきかせて、ちょうど見ごろの手賀沼の蓮の群生地に回ってくれた。これが間違いの元だった。早朝の沼には意外にも大勢の人が集まっていた。沼の中に張り出した遊歩道を渡って行くと頭の高さまで育った蓮の葉や花が道に覆いかぶさるように伸びていて、手を伸ばしてその葉や花に触れることもできる。早朝からやって来て遊歩道をそぞろ歩く人、カメラを構える人、スケッチブックに鉛筆を走らせる人等、様々な楽しみ方をする中に手帳片手に俳句をひねっている人がいた。目ざとく見つけて親し気に声をかけた母は、たちまち俳句談義を開始した。こうなったら俳句三昧の母はテコでも動かない。とんだ道草だ。ようやく話が一段落して森に向かったときはすでに日は高く昇り、響き渡る蝉の声はけたたましいアブラ蝉やニイニイ蝉ばかりになっていた。ひぐらしの時間は過ぎてしまったのだ。

ようやくひぐらしの声が確実に聞ける場所を見つけたのはその翌年だ。朝五時半から走る友人萱橋さんとのランニングが習慣になり、あるときいつもと違うコースに行ってもらったら偶然ひぐらしの声が聞こえてきたのだ。住宅街から田畑の中を抜け、立派な防風林に囲まれた昔ながらの集落に差しかかったところで必ず聞こえてくる。蝉のテリトリーは意外に狭く、代々決まった地域で繁殖を続けているというから、大木が茂るこの地域は昔からのひぐらしの生息地なのだろう。以後、ここを「ひぐらしコース」と名づけた。

今年は異常気象だったせいか「ひぐらしコース」を走ってもあまりひぐらしの声を聞くことができなかった。何だか損をしたような気分で夏が終わろうとしていた矢先、友人の堤さんが思いがけないプレゼントをしてくれた。最近、開通した幹線道路の途上でひぐらしの声がよく聞こえる場所があるのだという。沸き返るようなその合唱を聞く度に、是非私に聞かせてやりたいと思っていたそうだ。夏が終わらぬうちにと車を飛ばして眼目の地へ案内してくれた。

つくば市へ向かうメインの幹線道路より一本外れた新しいその道路を北上していくと、ひぐらしの声が高らかに聞こえてきた。しかもかなりの大合唱だ。思わず胸がときめいた。堤さんは手ごろな場所を見つけて車を止め、自動車道路から横道へと案内してくれた。里山へ向かって伸びた一本道で、両側は潅木や雑草が生い茂っている。夕暮れの荒地には人の気配はなく、一歩進むほどに自動車道の喧騒が背後に遠のき、ひぐらしの声が四方八方から波のように押し寄せてきた。金沢の郊外の里山で聞いた天の羽衣を思わせるあの輪唱の再来だ。夢心地で歩き続けた。堤さんは途中まで手を引いて案内してくれたが、ここぞというところで立ち止まって手を離した。ここで存分に聞いていていいよというのだ。彼女が遠ざかっていく気配を感じながら私は蝉の合唱に浸り切った。視力がないのが幸いすることもある。輪唱がエーテルの海のようにふわりふわりと漂いながら幾重にも折り重なって身を押し包んでくる。時間も空間もさざ波のような輪唱に飲み込まれて消えた。もしかして極楽浄土とはこういう状態を指すのだろうか。悲しみ、悩み、憎しみ一切の煩悩がカナカナカナという波に洗い流されて消え、心は澄み切って静寂の中にある。ふと、こんな心境で臨終を迎えたいという思いにかられた。というのは、久世輝彦著の『マイ・ラストソング』というエッセイ集が頭をよぎったからだ。

「死期を迎える際、あなたはどんな歌を聞きながらこの世を去りたいか？」

　そんな質問を何人かの著名人に投げかけて展開するエッセイで、各人各様の答えがなかなかふるっていた。読み終って私ならどんな音楽を選ぶだろうと自問自答したが、一曲に限定するのは難しかった。

　臨終の床で聞く音楽ならひぐらしの合唱だと突然閃いた。この世に居ながらにしてすでに天上界の心地だ。きっと何の未練も残さずに旅立って行けるだろう。降るようなひぐらしの合唱の波間に漂いながらそんな思いにふけった。

　さて、と現実に立ち返ったのはどのくらい経ってからだろう。夕暮れのひんやりした風に気づいて、杖で周囲を探りながら元来た道を戻り始めた。堤さんの呼び声が遠くから聞こえてくる。俄に車の行き交う音が高くなる。相変わらず目前は深い霧がかかっているが、あきらかに現世に戻ってきたのだ。

「どう、堪能した?」

堤さんの温かい手が伸びてきて私の手を掴んだ。いつの間にか足元の地面は草地からアスファルト道路に移行している。

「満足、満足」

丁重に礼を述べると、堤さんはうれしそうに飛び跳ねた。そういう気配がした。いや、確かに一瞬その姿が見えた。ちょうどぬいぐるみのウサギが浮かれて手足をパタパタと打ち鳴らすように、堤さんは小躍りしたのだ。

「文章歩道」二〇一一年冬号

花火

叩きつけるような雨が上がると、風がひんやりしてきた。その爽やかな大気を振るわせて、日暮れの空にドーンと澄んだ音が響き渡った。続いてポッ、ポッ、ポッとはぜるような音が数発、花火大会開催を告げる合図だ。

毎年、利根川河畔の市町村では競うように七月末から八月にかけて花火大会が催される。週末には必ずどこからか花火を打ち上げる音が響いてくる。

だが、どういう訳か取手市主催の花火大会は必ず雨にたたられる。市長が雨男だという噂も聞く。いつぞやは市長が大会挨拶を始めたとたんに雨が降り出したとか。市長が引っ込むと雨は小やみになり、挨拶の続きに再度登場するとまたもや降り出した。市長が代われば雨のジンクスも消えるのではとも囁かれたが、新しい市長になってからも恒例の雨天延期は続いている。

今年もやはりそうだった。予定日の夕方近くに激しい雷雨になった時は、やっぱり、と内心笑ってしまった。二日延びて今日の開催となったが、どうやら無事に行われそうな気配である。人ごとながら安堵した。

取手市とはいえ、守谷市との境に近い地域の我が家からは、下流で行われる取手市の花火を眺めることはできない。かえって川向こうの手賀沼の花火の方が間近に見える。

河川敷に立つ電気店の駐車場に椅子を運び入れて麦茶を飲みながら見物すれば、周りに人込みはないし川風は涼しいし、特等席だと教えてくれた人がいた。なかなか贅沢な楽しみ方だと感心したが、私は行かない。視力を失って以来、花火見物にはとんとご無沙汰である。

聞くところによると、隅田川の花火見物に出かけた江戸の庶民は、上を見ずに下を向いたまま弁当をつついて花火見物を楽しんでいたとか。花火とは彩りを見て楽しむのではなく、音を楽しむのが「通」だというのだ。確かにシュルルルと上がってドン！　パッパッという独特のリズミカルな音の臨場感は、その場に居合わせなければ味わえないものだろう。だが私はどうしても昔見た、夜空一杯に広がる大輪の花のような花火を見ることのできないもどかしさに自分が情けなくなるので、あえて花火会場へは行かず、自宅の窓から聞こえてくる遠くの花火の音に耳を傾けて自分なりに楽しむことにしている。

それにしても花火は淋しい。見えないから淋しいのではない。昔、あの鮮やかな色彩の祭典に目を奪われていた頃でも常に淋しさがつきまとっていた。花火ばかりではない。夏の風物詩である祭りもお盆も何故か淋しい。

夏は夜、と言ったのは清少納言だが、祭りもお盆も花火も夏の夜のものである。暗がりの中で、提灯や回り灯籠、ガス灯、花火の輝きは、白昼の光にはない怪しさを放っている。その輝きが華やかで美しい分だけ、背後にある闇が一層深くなる。暗さと明るさは表裏一体だ。

子供時代、浴衣を着せてもらって飛び出して行った表通りの賑わいは胸躍るものだった。目抜き通りには紅白の布を垂らしたやぐらが組まれ、舞台の上ではお神楽が演じられていた。ヨーヨーにハッカ飴、色とりどりのお面、綿飴にイカ焼き、一通り買ってもらい、祭りを充分に堪能して町外れまで引き返してくると、急に人波が減り、賑わいが背後に遠のいていく気がした。休憩所に使われている商店の、ガランとした店先に並んだ樽酒や一升瓶が何とも侘しげだった。自宅に戻り家に入ると、表通りからはまだ祭り囃子が響いてくる。それを聞くと胸が切なくなった。

賑やかさと紙一重の寂しさ。子供心にも、祭りの楽しさの背後には悲しさが潜んでいることを感じ取っていた。夏は夜。特に花火は儚い。夢のような輝きも一瞬にして消えうせてしまう。だからこそ美しい。

子供の頃の記憶を辿れば、花火大会の大規模な花火よりも、庭先で気軽に楽しむ駄菓子屋の花火セットの方がより親しめた。花火大会の醍醐味は夜空一杯に広がるスケールの大きさだが、打ち上げ花火は最初に度肝を抜かれた後は、子供にとっては単調で退屈なものだった。それに比べて家庭で楽しむささやかな花火は、スケールは小さいが変化に富んでいて退屈しない。一見、安っぽい紙やプラスチック製のネコジャラシのような形状の棒きれが、夜の闇の中では目のくらむような光の噴水に変貌する。七色のしぶきをあげ、輪を描き、一瞬後にはうっすらとした白い煙と硫黄の匂いを残して掻き消える。まさに夏の夜の魔術だ。

特に好きだったのは線香花火だ。華々しいロケット花火などに比べて地味で静かだが一番心惹かれた。燃え尽きる寸前に雫のような赤い玉を結実させ、放射状に小さな火花をチ、チ、チと散らし、最後は柿の実が落ちるようにポタリと落下して消える。その繊細な美しさは命の終焉すら連想させた。最後の赤い玉が落ちて消えると、急に静寂が迫ってくる。その物悲しさが何故か好きで、線香花火はいつも最後のしめくくりに用いた。小学生の私と妹はしばらく押し黙ったまま焼け焦げた棒の先を見つめ、余韻に浸る。子供なりに人生の深淵を垣間見た心地だった。

今夜も遠くで打ち上げ花火がドンと鳴る。私の脳裏には赤い雫の記憶が浮かぶ。ポタリと落ちていく寸前の明るい輝きが。それから急に夏の終わりが身近に迫ってくる。

「雷鼓」二〇〇六年夏号

芋銭の河童

止んだかと思ったら、またいきなり降ってきて、本降りになるかと思えばカラリと晴れる。人を惑わす雨だ。河童の里にはふさわしい空模様かもしれない。

十月中旬、二人の友人に案内されて、茨城県牛久市の牛久沼のほとりに建つ小川芋銭記念館を訪れた。

「ほら、河童がお出迎えしてくれてるよ」

駐車場のすぐ前に「河童の碑」という記念碑が建ち、河童のレリーフが彫られているという。その向うには牛久沼が広がっているらしい。友人達は目の悪い私の腕を取り、傘をさしかけてくれながら「雲魚亭」と呼ばれる芋銭の記念館に向かう道すがら、こと細かに周囲の情景を説明してくれた。

雑木林の中のゆるやかな坂道を上って行く。林の中には古い家屋が点在している。明け方から断続的に降り続いた雨のせいで道のあちこちに水溜りができ、高い木のこずえからしたたり落ちてきた雨滴が額を打つ。雨に洗われた草木の匂いと、雨雲を切り裂くように響いてくる鳥の声が相まって、私の見えない目に秋の里の風景を彷彿とさせる。芋銭の居宅だった「雲魚亭」は、そんな静かな里村の中に在った。

小川芋銭（おがわ・うせん　明治元年〜昭和十三年）は牛久に暮らし、河童や妖怪変化を描き続けた画家である。独自の世界を作り出し、牛久沼を河童の棲まう地として有名にした。郷土の生んだ画家の偉業を後世にまで伝えようと、芋銭の死後、その住居を資料館として保存し、一般公開しているのが「雲魚亭」である。見学に行った知人から、なかなか興味深かったと聞き、私も無性に出かけてみたくなった。妖怪変化の絵にありがちなおどろおどろしさとは一味違う品格と愛嬌のある芋銭の画風は、私もおぼろげに覚えている。たぶん、こんな絵だったはず、と記憶の断片が脳裏をかすめた。

小学校時代の友人達に、ドライブに連れて行ってあげると誘われた時、いの一番に芋銭の家をリクエストした。友人達とはその二か月前、約四十年ぶりに再会したばかりだった。当然のことだが、皆、苗字が変わっていた。彼女達はその新しい名で、私の知らない何十年かの人生を歩んできている。私の知らない顔を持っている。同様に私が今の境遇に至るまでに歩んできた道程を、彼女達は知らない。昔はごく普通の無邪気な子供だった私が、白杖を手にして現れた時の彼女達の衝撃がどんなだったかは想像に難くない。だが子供時代の友人とはありがたいもので、ウーちゃん、ミーちゃんと子供の頃の仇名で呼び合えば、たちまち四十年の空白を飛び越えて昔の間柄に戻ることができる。

「絵美ちゃん、今度ドライブに行こう。どこへ行きたい?」

気さくな調子で尋ねてくれた。まるで、放課後になったら二高の山まで崖登りに出かけようと誘ってくれたときのような口調だ。くすぐったかった。

二人の友人に支えられて、念願の芋銭宅「雲魚亭」を見学した。二人は代わる代わる建造物の仔細について、展示された芋銭の絵について丁寧に説明してくれ、羽目板やガラス戸、玄関前の井戸などに実際に手をそえて触れさせてくれ、どこで捥《も》いできたものか山葡萄の実を私の口に放り込んでもくれる。おかげで実際に自分の目で「雲魚亭」の隅々まで見学したような充実感を味わうことができた。

豪勢な家ではなかった。アトリエとして建てられたという「雲魚亭」は、こぢんまりと質素で、廊下の幅も障子の大きさも昔の日本人の寸法に合わせてあるのか、一回り小さい。廊下のガラス戸の鍵は先端がネジになっていて、クリクリと回して閉める型、廊下の壁には、戸袋に手を直接差し入れて雨戸を出し入れできる小窓が開いている。どれもこれも自分達が幼い頃見慣れた住居を思い起こさせる。そのせいだろうか、どこか懐かしく温もりを感じさせる。

「ああ、やっぱりいいね。こういう家は落ち着くね」

口々に言い合った。

「お互い年をとって一人きりになっていたら、こんな家で協同生活をしたいね」

病弱な為に家督を継がず画家を志した芋銭は、ここで毎日沼を眺めながら、画業に没頭していたのだろう。浮世離れした画家を育んだ土地柄が忍ばれる。

昼食は蕎麦好きな私の為に友人が探しておいてくれた手打ち蕎麦の美味しい店に行き、その足で小学校時代の恩師の家を訪ねた。すべて予定通りの行動だった。だが恩師宅で思い出話に花が咲き、帰宅時間は予定を大幅に超過してしまった。河童の碑のそばの駐車場に一人の友人の車を置き、もう一台に三人で同乗していたので、車を取りに戻らなければならなかった。戻ってみると陽はとっぷりと暮れ、河童の碑は闇に溶け込んでいた。車の往来激しい国道六号線からさほど離れている訳でもないのに、別世界のような静寂さだ。車を降りると雨はすっかり上がっていたが、冷気が肌にしみた。ここで私は千葉方面に帰るミーちゃんの車に乗り換える。牛久近郊に住むウーちゃんが先に車を発進させた。彼女の車に先導されて国道に出て、それぞれ別方向に分かれて行く予定だった。ところが、二度三度カーブを切って順調に進んで行ったはずの車は、繁華街に出るかと思いきや、いつの間にか河童の碑の前に戻ってしまったのである。

「変だね、どこで間違えちゃったのかな」

窓越しにウーちゃんとミーちゃんが言い合った。もう一度ふりだしから出直しだ。二人ともさっきより慎重な運転をする。だが袋小路のような道を行きつ戻りつした末に辿りついたのは、またもや河童の碑だった。違う道を選んで走っているつもりなのに、何故か行き着く先に待ち構えているのは「雲魚亭」の看板だ。

「まいっちゃったね。どうやってもここから抜け出られないみたい」

ミーちゃんの声に戸惑いがにじむ。急に周辺の闇が濃くなったような気がした。パチャリパチャリと水音がして、河童の碑のレリーフが息を吹き返した気配がする。「こっちだよう、こっちだよう」と、沼の方から手招きする無数の声が聞こえてくる。小川芋銭の描く妖怪達が闇の中に跳梁する。

「河童に引き戻されているんじゃないの?」

目に見えぬ者達の存在が身近に迫ってきたような不安感に、私達はわざと冗談を飛ばした。目が見えないだけに、私にはそれが現実なのか妄想なのかさえ判然としない。

学校や田んぼに囲まれた人家もまばらな場所で、道を確かめる術もなく、ウーちゃんの車はまた走り出し、停止した。その走りぶりから、彼女の焦りが汲み取れる。

「もういい。あの人に頼らずに、こっちはこっちで行っちゃおう」

きっぱり言ってミーちゃんは車を方向転換させた。多少迷ったものの、迷路を抜け出ることができたらしく、いつしか国道が見えて来た。時刻を尋ねると、まだ七時だった。何だか狐か狸にでも化かされたような気分だ。「雲魚亭」周辺を堂々巡りしていたときはかなり夜が更けてきたような気がしていたというのに。

国道を快調に走り出すと、張り詰めていた気持がようやく弛んできた。その昔、電灯が普及していなかった頃の夜の闇は、底知れぬ深さだったろう。牛久沼のほとりでの暮らしの中で芋銭が描き続けたものは、単なる空想の産物ではなく、生活実感そのものだったのかもしれない。ふとそんな気がした。

もうウーちゃんの車は見えない。まだ芋銭の世界を彷徨っているのだろうか。

「河童にとっ捕まっているのかもね。でも地元の人だから何とかなるでしょ」

そう笑って帰途に着いた。

翌日、ウーちゃんから電話があった。彼女もどうにか無事に帰りついたらしい。照れ臭そうな口ぶりだった。どうやって帰り着いたかは聞かなかった。

「雷鼓」二〇〇五年夏号

尊い時間

　充足の時間、濃密な時間、心がほのぼのと温まってくる時間は数限りなくあるが、切ないくらいに尊い時間はごく希にしかない。入試や国家試験に合格した、ニューヨーク・マラソンを走りきった、文学賞を受賞したなどという晴れがましいものではなく、ごく平凡な生活の中にキラリと光る瞬間がある。何が心の琴線に触れたのかは定かでないが、何年、何十年経っても色あせることなく心の片隅で輝き続けている一シーンというものがある。

　その一つが四十年経っても未だに輝きを失わない学生生活の一ページだ。その時、私は初夏の京都の街並みを自転車を飛ばしていた。同じカヌー部の仲間、とっちゃんの家でおこなわれる新人歓迎コンパの下見に、一路、烏丸通りを北上していたのだ。学校は昼休みで、急いで往復すれば午後の授業に十分間に合う。生粋の京都っ子、とっちゃんの家は学校からほど近い烏丸車庫の裏手にある。他の部員ととっちゃんは六番の市電に乗り込み、私は一人、自転車で市電の終点に向かった。そのときの風の爽やかさも、自分が着ていたモスグリーンのシャツの色合いもまるで昨日のことのようにリアルに覚えている。必死で自転車を漕いでいると、背後から皆の乗った市電が迫ってきた。私の名を呼ぶ後輩達の歓声も次第に大きくなってくる。市電は追いすがり、束の間自転車と平行して走り、たちまち追い抜いて行った。後輩達の「先輩！」という黄色い声がひとしきり辺りに響いたが、それも電車の轟音にかき消され、遥か前方へ運び去られて行った。汗だくになって市電の停留所に辿り着くと、一同がわっと歓声を上げて迎えてくれた。そのとき何とも言えぬ感情が胸に湧き上がり、午後の授業を受けに教室に戻ってからも高揚感が消えなかった。一体この気持ちは何だろう？　思わず授業中、ノートに書き記した。

「自転車を漕いで電車と競争していたとき、私はまさしく青春の真っ只中にあった。だがその瞬間はもう手の届かないところへ遠ざかってしまい、それを振り返っているこの瞬間さえもまばたきする間に過ぎ去っていく。時間を止めることはできない。いつかは今日という日を遠い昔の思い出として懐かしむ日もくるのだろうか」

　そんな青臭い感傷を書き記してから約四十年、最近再び似たような体験をした。彼岸も過ぎた秋の日に、友人のウーちゃんに連れられて母とともにつくば学園都市の洞峰公園に出かけたのである。ウーちゃんは小学生時代からの友人で、私の母を実母のように慕ってくれる。最近は彼女に一緒にマラソンをしようとそそのかし、伴走を引き受けてもらっている。洞峰公園に誘ったのは、この夏、マラソン仲間達とマラニックに訪れてヨーロッパ調の森の落ち着いた佇まいに魅了されたのと、池の周辺に生息する風変わりな鳥が面白かったせいだ。とにかく変な鳥だった。同行した姪っ子がインターネットで検索すると、名前はバリケン、カモ科の鳥で、中央アメリカから南アメリカに生息しているという。一見、鶏にも似ているが池に浮かんだ姿はやはり鴨の親戚、そして顔は七面鳥を思わせる風貌らしい。その変わった鳥が池の周辺をテコテコと歩いている姿はマンガチックだという。これは母にも見せてやらねばと思う。母は去年の暮れに転倒して腰骨を骨折して以来、家で養生している。たまには外の空気も吸わせてやりたい。そこでウーちゃんとの月に一度のランニングの折に母も同行させたいと頼むと快諾してくれた。彼女も母に彼岸花を見せたいと思っていた矢先だった。

「お昼は公園の前の焼きたてパン屋でサンドイッチを買おうね。飲み物や果物も用意するよ。うわあ、ピクニックみたいで楽しみ」

彼女の弾んだ声が聞こえてきそうなメールが届き、ウキウキ気分でその日を迎えた。

まるでご褒美でももらったかのような清々しい秋の日だった。久しぶりにつくば市を訪れた母は車窓からの景色を懐かしそうに眺めていた。自分が家にこもっている間に季節は確実に移り変わっていたことを改めて認識したようだ。母を乗せた車椅子をウーちゃんがゆっくりゆっくり押していく。平日の公園は人影も少なく、車椅子の母と視力障害の私が気兼ねなく歩くにはもってこいの静けさだ。池の対岸には彼岸花やガマノホも繁茂し、バリケンも池のほとりに数羽たむろしていた。のたのたと歩いてくると、幼児がうれしそうに餌を差し出す。

「今度来る時はバリケンの餌を用意しなきゃね」

久しぶりに母がはしゃいだ声を立てた。ウーちゃんに車椅子を押されて公園を一周しながら、実に気持ち良さそうだ。その母を車椅子ごと道路から外れた芝生の上に運び、私とウーちゃんはランニングコースを走り出した。池の周囲を巡る一周一キロほどの周回路だ。何度も巡りながら、母の車椅子の前を通る度に手を振り、大声で叫んだ。ウーちゃんは「おかあさーん！」、私は「ヤッホー！」走りながら繰り返し呼びかけた。風よけの膝掛けに身を包んだ母は、きっと私達の声に応えて小さく手を振っていただろう。脳裏で思い描く自分達の姿は、小学生の頃の私とウーちゃん、そして昔の若く元気だった頃の母だ。そんな想像をしながら夢見心地で走った。

ひとしきり走って汗だくになり、息を弾ませて母の元へ戻る。さて、お昼にしよう。ウーちゃんの手作りの紫蘇ジュースやお茶、果物もふんだんにある。それらに舌鼓を打ちながら小一時間過ごした。かけがえのないひとときだ。こんな至福のときを味わったらもうこれ以上何も望まない。いつか母がこの世を去っても、自分がたいそうな年寄になっても、このひとときを思い出しさえすれば心は満ち足りるだろう。

その晩、私は四十年前の頃のように日記に書き綴った。

「その時間はもう二度と取り戻せない時の流れの真っ只中にあると強く実感したからこそ、永遠に消えない尊い時間になる」

「雷鼓」二〇一二年冬号

おでん

おでんと聞いてすぐイメージするのは、庶民生活をユーモラスに描くことでは第一人者だった漫画家の赤塚不二夫の代表作『おそ松君』に登場するチビ太である。彼は常に丸、三角、四角を刺した串、つまりおでんをシンボライズしたものを手に持っている。子供の頃、おでんを絵に描くときは必ずこれを真似して描いた。丸は大根、三角はコンニャク、四角ははんぺんといったところか。こんな単純化された絵ですぐにおでんとわかるのだから、如何におでんが日本を代表する庶民の味であるかがわかる。そしてチビ太が常におでんを持っていたのは、当時の子供にとっておでんは現代の子供にとってのスナック菓子やハンバーガーに相当するポピュラーなおやつだったということだろう。

昭和三十年代には紙芝居屋と並んで自転車におでんを積んで売り歩く子供相手の商売もあった。だが私は子供の頃そのおでんを味わうことはなかった。母に買い食いを禁じられていたからだ。我が家のおやつは母が用意したものを家で食べることに限られていた。十円玉を握り締めておでん屋の自転車を取り囲む友人達を横目で見ながら、他所の世界のように受け止めていた。ところが妹はある日私の目前でおでんを買い、結び昆布を一串、つるりと美味しそうに食べたのである。憤慨した私は母に告げ口をし、妹は大目玉を食らった。

これとよく似たエピソードが当時のテレビの人気ドラマ『ママ、ちょっと来て』の一話である。音羽信子が母親を演じる一家の三人の子供達があるとき屋台のおでんの虜になり、毎日のように通い出した。両親は何とかやめさせようとあれこれ策を練り、母親は夕食の献立におでんを作って子供達を喜ばせようとする。だが親の心、子知らず。家庭料理のおでんを食べながら子供達は「ちょっと違うんだよなあ」などと生意気なことを言う。そしてまた屋台に出かけるが、見知らぬ酔っ払いのオジサンに不良呼ばわりされてきまりが悪くなり、屋台通いをやめるという内容だ。屋台のおでん、自転車で売りに来るおでん、それは小学生の私にとって禁断の世界だった。

その禁断の実の味に目覚めたのは、上京してデザイン事務所に勤務してからだ。面倒見のよい事務所の社長は、仕事帰りにスタッフ二、三人を引き連れて事務所のすぐ近所の屋台のおでん屋に連れて行ってくれた。繁華街の裏通りではなく、青山通りに面した広い歩道という場所柄、若い女性でも抵抗なく入って行くことができた。それでも人目を憚るようにビニールシートの垂れ幕で覆われた屋台には、ファッショナブルな街並からは一線隔てられた独特の空気感が漂っていた。そして垂れ幕をくぐって満員のベンチに身をねじ込むと、ビルの谷間のエアポケットにスッポリはまり込んだような不思議な心地に包まれた。その異空間で見知らぬ大人達と肩を寄せ合い、コップの冷や酒をあおりながら煮え立つ鍋の中から好みの具を選び出してほおばる味、おでんってこんなに美味しい料理だったのかと、目からウロコの一瞬だった。

この独特のシチュエーションを割り引いても、とにかく屋台のおでんは美味しかった。コンニャク、ちくわ、昆布、大根などごく一般的なタネから始まって、牛スジ、ロールキャベツ、ゲソ、数え切れないほど豊富なタネが大鍋でくつくつと煮込まれ、各素材の旨味が何ともいえぬ調和を作り出している。屋台の屋根から下がった白熱電球の淡い光の下、店の親父さんに取り分けてもらってふうふう言いながら食べるおでんの味は、家庭のおでんとは比べ物にならない複雑でコクのある味だった。なるほど、テレビドラマの子供達が親に叱られてもこっそり食べに行きたがったワケだ。

そして同じ鍋のおでんをつつき合う間柄、気心が知れてくると客同士は気さくに言葉を交し合った。まずは手始めに「お宅、お国はどちら?」如何にも地方出身者の寄り集まりの大都会らしい挨拶だ。かすかな訛りを残す者、饒舌な者、訥弁の者、それぞれに違う経歴を背負った人々がほんのひと時、一つ屋根の下で一緒に酒を飲み、同じ鍋のおでんに舌鼓を打ちながら世間話に興じる。これも一つの人生模様だなあと、私は興味津々で耳を欹てた。ふと目を転じれば、おでんの鍋の中には様々な材料が寄せ集められ、煮込まれているうちにそれぞれの素材からにじみ出る味わいが鍋全体のうまみを増している。それでいて昆布には昆布の、大根には大根の持ち味が生きている。おでんは人生の味わいに似ている、そんな感慨にふけりながら屋台のおでんに舌鼓を打つ時、青二才の私はいっぱしの大人になったような気分に浸った。

それからしばらくの間、友人を誘ってあちらこちらの屋台のおでん探訪に凝った。いつしかそれを卒業し、視力を失った現在は屋台に行くのも面倒で、もっぱら家庭のおでんの味に満足している。大阪の妹の家でも寒い時期には頻繁におでんが食卓に上る。忙しい主婦にとっておでんは材料を細かく切り刻む必要もなく、ただ煮込むだけの手軽で作り置きができる重宝なメニューなのだろう。大勢の家族が揃って鍋をつつくことのできるおでんは、実に楽しい献立だ。母と二人暮らしの我が家で鍋や鉄板焼きをしても気勢が上がらない。やはりこれらの料理の醍醐味は大勢で賑やかに味わうところにある。

友人のトッちゃんの家ではおでんがおふくろの味として定着している。きっかけは数年前に彼女のお母上が急逝したことに端を発しているという。トッちゃんの家は一家総出で服飾販売業を営んでいる。その最も忙しい展示会の最中に、母上が朝から頭痛を訴えた。いつも元気な母親なのでトッちゃんはさほど深刻に受け止めず、病院に行くよう勧めただけで母上を一人残して仕事に行ってしまった。そして夜、一同揃って帰宅すると、母上は寝床で冷たくなっていた。クモ膜下出血だった。朝、頭痛を訴えた時から相当辛かったのだろうが、家業の忙しさを知っているので皆に心配をかけまいとして我慢していたらしい。しかも台所には鍋一杯のおでんが作り置きしてあった。疲れ果てて帰って来る家族のために母上がこしらえておいたのだ。頭痛に堪えながら娘のお役に立ちたい一心で作ったに違いない。今生への置き土産、以来、おでんは彼女の家でかかせない献立となったのだ。

電話でその事情を聞かされたとき、私は『忘れられない贈り物』という絵本を思い出した。私の父が急逝した折にトッちゃんが贈ってくれた絵本で、突然天に召されたアライグマのお爺さんを森の動物達が悼みながら、お爺さんから教えられた様々な知恵を思い出して語り合うというものだ。人はいつかはこの世を去るが、無形の財産は残り、人々の心の中で生き続ける。父を失ったばかりの私はこの本にどれほど救われたかしれない。トッちゃんの母上も、心の財産を家族に残して逝ったのだ。

それからしばらくしてトッちゃんの家を訪問した。学生時代から何度も訪れた家で、い

つもドアを開ければ、

「いやあ、クロちゃん、よう来はったなあ！」

と、彼女の母上の朗らかな声が飛んでくるのが常だった。だがもうその声は聞こえてこない。無常の寂しさを感じながら仏壇に手を合わせ、いつまでも変わらぬものはないのだととつくづく思った。その一方で、この家には新しい家族が増えていた。おでんは飽きのこない料理だ。展示会の続く忙しい時期には作り置きしたおでんを新しい家族達が一緒につつき合うことだろう。ときにはその料理を家の定番メニューに残していってくれた亡き人を偲びながら。一見簡単な煮込み料理のおでんだが、その背景にはそれぞれの家独自のストーリーがある。

「文章歩道」二〇〇八年秋号

第四章　記念日

あの日のオリンピック

東京が再び二〇一六年のオリンピック開催地に選ばれるかどうかがここ数年の巷の話題だった。かつての東京オリンピックをリアルタイムで体験していない若い世代にも是非、オリンピックを間近で味わわせたいという声、この不景気な御時勢に何を今更という声、賛否両論飛び交う中、フタを開けてみれば今回も失敗という残念な結果に終わった。私は開催支持者ではないが、開催国選びの背景に政治力が複雑にからんでいたと聞けば、日本国民として無念な気持ちも湧いてくる。それにしても私にとっての唯一絶対のオリンピックは、やはり四十五年前の東京オリンピックなのである。

一九六四年十月十日のあの日、青く澄み渡った東京の空に高らかにファンファーレが鳴り響き、花火が打ち上げられ、自衛隊機による五色の輪が大空に描かれ、聖火が赤々と燃え上がった瞬間、日本の新たな歴史が始まった。小学生だった私は両親や妹とともに茶の間でテレビに見入りながら、これから何かとてつもなく素晴らしいことが始まるという予感と期待に胸を弾ませていた。だが戦争を体験した両親はもっと感慨深かっただろう。

「日本はよくここまでになったよなあ」

という台詞が口癖の父の原点は敗戦直後の焼け野原だ。終戦の年の暮に戦地から帰国した十九歳の父の目前に広がっていたのは、焦土と化した東京の姿だったという。その東京が十九年後には見事に蘇り、ビルが立ち並ぶ町並みとその上を縦横に走る首都高速道路、身なりも栄養状態も良くなった庶民が晴れやかな顔つきで闊歩する街角、そんな日本の復興を象徴する一大イベントが東京オリンピックだった。復興を果たした今の日本の姿を世界に知らしめたいというのが、当時の日本の庶民に共通の思いだっただろう。

テレビに映し出される開会式の模様を見守りながら、父はまるで自分の手柄のように満足そうにうなづき、ときおり咳き込んだ。感動すると胸にこみ上げてくるものがあって、ぐっと喉を詰まらせて咳き込むのだ。その横で母はテレビ画面に向かって盛んに拍手していた。選手団が意気揚々と入場してきた。各国それぞれに特色ある装いだ。記憶を辿れば色とりどりのユニフォームが思い浮かぶが、よく考えれば当時のテレビはまだカラーではなかった筈だ。きっと後で見たオリンピック記念写真集の印象が重なっているのだろう。

やがて日本選手団が登場した。

「おう、日本人も体格が良くなったもんだなあ。外国人に見劣りしないぞ」

父は上機嫌だ。確かにそのときの日本選手団はなかなか立派だった。後日談だが、私は学生時代、カヌー部に入っていた。顧問は東京オリンピックにカヌー競技で出場した経験のある女性教師、その御主人もカヌー選手で、二人はオリンピックで結ばれたカップルだった。結婚写真を拝見したら、二人仲良くオリンピックのユニフォーム姿だった。赤いブレザーに新婦は白いプリーツスカート、新郎は白いスラックスというでたちである。あの日、テレビ画面の中でまぶしく輝いていた日本選手の勇姿がそっくりそのまま結婚写真に納まっていた。

さて、開会式から数日後、私は実際に国立競技場でオリンピック見物をした。当時、関東一円の小学校は招待券を贈られて、小学生はこぞってオリンピック見学に行ったのだ。我が小学校にも招待券が届いたが、全校児童の分まではない。くじ引きに当たった幸運な子だけが恩恵にあずかった。普段はくじ引きに滅法弱い私も奇跡的に当たり、喜び勇んで出かけた。

未来都市を思わせる首都高速を通り、武道館や代々木のオリンピック施設を巡って国立競技場に到着、これだけでも田舎の小学生にとっては夢のような世界だったが、競技場内の細長い階段を上り詰めて出たところが野球場で言えばアルプススタンド、急斜面の見物席の頂上に近い辺りに出た。競技場全体がすり鉢のようで、その底辺部のトラックを見下ろしたら目がクラクラした。背後には聖火台が聳え、聖火も燃え続けている。テレビで見た開会式のままの光景だ。

だが感激したのは最初の十分間だけだった。予選ばかりの競技はそれほど面白いものではない。トラックでは障害物競走がおこなわれていたが、ハードルの先に水溜りがあり、飛び越えた勢いで水溜りに足を突っ込む選手もいる。何だか辛そうな競技で、ちっとも楽しくなかった。持参の弁当を食べてしまうと、後は子供にとって退屈きわまりない時間だ。空席ばかりのベンチからベンチへ飛び移って遊んだり、開会式で使われたとおぼしき数羽の鳩がスタンドで餌をついばんでいるのを追いかけて退屈を紛らわせた。男の子達は聖火台を上って行こうとして引率の先生にお小言を食らっていた。そろそろ引き上げるという指示を聞いたときはほっとした。

競技場の外に出ると、沿道を群衆が埋め尽くしていた。競歩レースの真っ最中だったのだ。幾人もの外国人選手が汗を飛ばしながら目前を駆け抜けて行く。その動作のおかしなこと、体をくねらせ、腰を振りながら歩くとも走るともつかぬ動作で疾走して行く。その異様さが強烈に印象に残った。

オリンピックの開催中は生活全てがオリンピック一色に染まっていた。テレビやラジオ放送はもとより、学校でも講堂の壇上にテレビを設置し、授業そっちのけで先生も児童もオリンピック観戦に没頭した。最終日のマラソン実況など特に熱が入った。ゴール目前で二番手を走っていた円谷選手が三番手の外国人選手に抜かれた瞬間はあちらこちらから悲鳴が上がった。それまでオリンピックに関心のなかった私にとっても、世界にはこんなに大勢の民族が存在し、数え切れないほどのスポーツがあり、人間の体力、技術は途方もなく凄いものなのだということを知るいい機会となった。

そして東京オリンピックはフィナーレを迎えた。このときの閉会式ほど私の胸に深い感銘を与えた式典は他にない。昨今のテクノロジーを駆使した派手な仕掛けと演出のセレモニーに比べると非常に質素だが、とにかく選手入場から型破りだった。最初は通常通りに並んで行進していた選手達が途中から国も人種も関係なくスクラムを組んで練り歩き始めたのだ。日本選手入場に至っては、日本人の旗手を外国の選手達が肩車し、皆が楽しそうに笑いながら行進した。担ぎ上げられた日本人旗手もこのハプニングに照れ臭そうに笑い、アナウンサーも繰り返し言った。

「これは驚きました！　こんな閉会式は初めてです！」

そしてこんな意味合いの名言を述べた。

「もはや人種も国家の違いもありません。真の世界平和はもうすぐそこまで来ているという気がします」

父が感涙にむせぶように咳き込み、母はしきりに感嘆の声を上げていた。子供の私でさえ大勢の選手達が楽しげに行進していく様を見て無性に感激した。今、オリンピック会場から世界に向けて真の平和が発信されている。世界中の人々が手を取り合ってひとつになる日も遠くはない。私達の未来は明るい。そんな希望をつないでくれたオリンピックだった。

だが一九七二年のミュンヘン大会ではオリンピックが血塗れになった。中東問題が激化した時代、選手村に進入したパレスチナ・ゲリラがイスラエル選手達を人質にとって国内脱出を図り、空港でドイツ警察と銃撃戦の末、ゲリラもイスラエル選手全員も死亡するという悲劇が起きたのだ。平和の祭典であるはずのオリンピックが政治紛争に巻き込まれ、オリンピックの幻想は崩れ去った。続いて一九八〇年のモスクワ大会では、ソビエトのアフガニスタン侵攻に抗議した西側諸国が大会をボイコットし、次のロサンゼルス大会では東側諸国が報復手段として同じく大会ボイコットをした。オリンピックは純粋なスポーツの祭典ではなくなった。

ロサンゼルス大会はショーアップされた式典という点でもオリンピックの性質を変えた。レーザー光線が会場の闇を舐め、夜空にＵＦＯが飛び、宇宙人がステージに出現するというアメリカン・コミックの世界が閉会式に展開された。これ以後、オリンピックの式典は長時間にわたって豪華絢爛たるショーを競い合う場と化した。

最近のオリンピックを見ていると、随分原点からかけ離れてしまったという印象を受ける。巨大マネーやスポーツ産業の市場という傾向に警鐘を鳴らすかのように今回の東京招地で東京都はコンパクトなオリンピックを提案したが、流れを変えることはできなかった。まだ当分は国力を誇示し合うオリンピックが続きそうだ。昨今は昭和三十年代がリバイバル・ブームとなっているが、あのオリンピックから四十五年の間に私達はどれだけのものを得、どれだけのものを失ってきたのだろう。

「雷鼓」二〇〇九年冬号

万年筆

スーパーの店先に期間限定で万年筆の修理の出店が出ているので、三本ほどまとめて修理してもらったと、治療客が語り出した。この人は海外出張の多いビジネスマンで、どこへ行くにも必ずノートパソコンと充電器を携帯している典型的なデジタル人間だ。その人と万年筆の修理という取り合わせが何とも不可思議で、それが私の顔に出ていたのだろう。相手はすぐにこう付け加えた。

「最近は万年筆のリバイバル・ブームなんですよ」

手紙も年賀状も書類もすべてパソコン操作で間に合ってしまう昨今、肉筆の文面がかえって新鮮な印象を与えるらしい。人間は常に微妙なバランス感覚を働かせて生きている。物事がある一方向に傾倒しかけると、必ずその反作用の動きが起きるものだ。日ごろ、合理性ばかり要求されているビジネスマンは、休日になると野菜作りや陶芸など土いじりに精を出す。最近はスーパーやデパートで万年筆の修理をする出店が繁盛しているという。ほんの数分ほどの間に器用に分解掃除をし、ペン先まで外して磨き、瞬く間に組み立てる。驚くべき早業だと男性客はしきりに感心していた。そうして書きやすくなった万年筆で、彼は一体何を書くのだろう。

万年筆という言葉には独特の響きがある。私が初めて万年筆を手にしたのは中学の入学時だ。入学祝いに父だったか母だったかが贈ってくれた。真新しい教科書にたどたどしい筆致で自分の名前を書き入れながら、急に大人になったような気がした。慣れない万年筆を握って書いた文字は使い慣れた鉛筆のように滑らかにはいかない。生来不器用な性質で、書いた文字が乾かないうちに手が触れて紙面を汚したり、ボタ漏れさせたりと失敗ばかりしていたが、筆箱に鉛筆と並べて万年筆を一本入れておくのはとにかく誇らしい気分だった。

万年筆の使い方が上手だったのは父だ。大柄でいかつい印象の父が書く文字は意外にも細くて繊細だった。愛用の細書き用の万年筆で、ハネやトメを几帳面に書く。六十半ばで急逝する寸前にも新しい万年筆を購入し、これは書きやすくていいと、上機嫌で手帳にスラスラと何やら書き込んでいた。父は字を書くのが好きな人だった。毎晩、夕食の後に日記代わりの手帳を取り出して書き込むのを日課にしていた。死後、父の遺品を整理していたら、何十年にも渡って書き続けていた日記帳がどっさり出てきた。日記というよりも簡単明瞭な記録といった程度のものだったが、毎年元旦から始まって大晦日までの日常生活の記録が独特の繊細な文字で綴られている。亡くなった年の手帳を開くと、元旦の日の冒頭に「去年の主な出来事」として、私が自宅で治療院を開業してから万事、順調に行っていること、妹一家が夏休みに泊まりに来たことなどが綿密に記され、最後にこう締めくくられていた。

「こんな静かで穏やかな幸せもあったのだな。願わくばこのささやかな幸せが少しでも長く続いて欲しい」

その願いは叶わず、父の日記は四月二十五日で突然終わっている。翌日の二十六日、父は心臓発作で緊急搬送されたのだ。手術が成功して命拾いし、安心して一旦家に戻ろうとする母に手帳と万年筆を持ってきて欲しいとせがんだ。しばらく続くことになりそうな闘病生活に備えて、記録だけは付けておこうと考えたのだろう。だが翌日、父の容態は急変し、母の到着を待たずに息を引き取った。母の手元には半分以上空白の手帳が残された。母はあの手帳を今でも保管しているのだろうか。それとも早々に処分してしまったろうか。視力を失った今の私には確かめる術もない。

確かめることができないものがもう一つある。それは母が決して私たちに見せてくれなかった古い手紙だ。母は少女趣味で、独身時代の宝物だった女学生の愛唱歌集やきれいな挿絵の小冊子を結婚後も箪笥の奥に後生大事にしまい込んでいた。幼い私や妹がときおり引っ張り出して興味津々にページを繰っても大目に見てくれていたが、絶対に触れさせてくれないものが一つだけあった。あるとき妹がそっと教えてくれた。

「あの引出しの奥に手紙があったんで引っ張り出そうとしたら、お母さんが『アッ、それはダメ!』って急いで取り返しちゃった。恥ずかしそうにしていたよ。あれはきっとお父さんからのラブレターだったんだよ」

私の両親は恋愛結婚である。戦後まもなく、戦地から戻った父は大学に入学し、日立で寮生活を始めた。だが食糧難の時代、寮生達にとって最大の課題は学問よりも空腹を満たすことだったという。寮の近くに面倒見のよい家があり、学生達に何がしかの食料を提供してくれるというので、父も先輩に連れられて足しげく通うようになった。それが母の実家だった。元々東京で魚問屋を営んでいた祖母は、人の出入りが多くて賑やかなことが好きな性質で、学生達が押しかけていくのを喜んで迎えていたという。娯楽のほとんどない頃のことで、食べ物につられて出入りするようになった寮生達で家は毎日賑わっていた。若き日の父と母の出会いもそこから始まる。

母の話によれば、父は無口でいつも蓄音機持参でやって来て、他の学生達が雑談を交わしている傍らで一人機械いじりに熱中している変わり者だったという。一方の母は父から見てどんな女性だったのか、父に問い質す機会がなかったのが残念だ。大学の卒業式、父は世話になった御礼がてら、自分の母親とともに挨拶に訪れ、後日、結婚を申し込んできたという。母方の祖母は双方の家庭の事情からこの結婚に反対したが、父はあきらめなかった。家出をして自分のところへ来て欲しいと手紙で懇願したそうだ。その手紙を読んで母は家出を決心、父の実家へ転がり込み、結婚式は挙げずに結婚生活を始めたという。そのいきさつを初めて母の口から聞かされたとき、小学生だった私と妹はまるで映画か小説のようなドラマチックな話にすっかり舞い上がってしまった。そんな頃だったろう、母が密かに箪笥の奥にしまい込んでいた手紙を妹が見つけたのは。それは間違いなく父が母に家出を促す手紙だった筈だ。

青い紙に紫色のインクで書かれた手紙だったと妹は証言した。ずいぶん洒落た色合いだと思ったが、母によればあれは洒落て青い便箋を使ったのではなく、当時は物のない時代だったので単に謄写版印刷で使った紙きれの裏側を利用しただけ、インクの質も悪かったので紫色に変色したのだという。実物を見ていない私には、その質素さがかえってロマンチックに思えるのだが。

それで肝心の内容はどうだったのだろう。あの無口で無愛想な父がどんな口説き文句を書いたのか想像すると笑ってしまう。いや、母の心を射止めたのはその内容よりも繊細な字体だったのかもしれない。いかつい父の外見と、唐草模様を思わせる緻密な字体との落差、細いペン先から繰り出す筆致の綾で、父は乙女心を絡め取ってしまったのかもしれない。力の込め方によって強くも弱くもなる万年筆の文字は書く人の想いや息遣いまで写し取る。父が母に送ったラブレターは、その心根の深さをも伝えたのだろう。

母が私達に絶対見せてくれなかった手紙はその後どうなったのか、視力を失くした私には見つけ出すことも読むこともできない。ただ想像の世界で若き日の父母に思いを馳せるのみである。

「文章歩道」二〇一三年春号

妹

表彰状を受け取りに一歩進み出た時、寄り添って支えていてくれた妹も思わず目頭が熱くなったという。母が涙ぐむのは当然だとしても、妹も同様だったとは意外だ。

妹は大阪に所帯を構え、家事と仕事に追われて忙しく暮らしている。顔を合わせる機会は滅多になく、電話で話すときも子供の話題が中心で、私が送った拙い自作の随筆や小説への感想は後回しになる。しかもお互いに女っぽい性格ではないから、ベタベタと馴れ合うこともない。そんな妹に「小諸・藤村文学賞」に入賞した旨を伝え、授賞式に同行して欲しいと頼むと快諾してくれた。普段はあっさりしたものだが、意識のどこかでは常に中途失明した姉を案じてくれている。

母と一緒に温泉旅行に行く機会はあっても子育ての最中の妹を誘うことは憚られた。だが昨年あたりから、もう子供に手がかからなくなったからこの次は仲間に入れろと妹がアピールし始めた。授賞式のつき添いという大義名分のお陰で、家族からも気持ちよく送り出してもらえたようだ。妹の結婚以来これが初めての母姉妹水入らずの一泊旅行だ。奮発して軽井沢の温泉ホテルを予約した。

小諸市へ向かう途上の妹は、盲目の私と高齢の母を庇って大車輪の活躍だった。駅構内ではツアーコンダクターとして指揮を執り、会場へ着くとファッションコーディネーターに変身する。着替えを手伝ってくれ、アクセサリーを合わせ、私の伸び放題の眉毛を整え、化粧まで手掛ける。その保護者のような態度にふと妹の結婚式の日を思い出した。

朝から慌しい日だった。両親と私、そして妹は新婚所帯である大阪のマンションに前日泊し、神戸の式場に向かう段取りだ。花婿は神戸の自宅から悠々とお出ましだが、我々親子は大荷物を抱えて地下鉄からＪＲ駅の構内を駆けずり回りながら、何で結婚式の朝までこんなに忙しいのだろうとぼやいていた。

「結婚式の朝からこれでは、あんた、一生ドタバタと忙しい人生になるわよ」

母がいみじくも言ったその言葉はまさに妹のその後の人生を言い当てていた。

式場に着いてからも妹は自分の準備そっちのけで私の世話を焼いた。当時の私はまだ視力があったが、洒落っ気というものがない。化粧くらいしなさいと妹に窘《たしな》められた。

「花嫁さんが用意もせんと何やっとるの？」

知人達が私達姉妹を見て笑い転げていた。二十年経っても同じことをしている。三つ子の魂、きっと二十年後も同様だろう。

妹とは不思議な存在だ。同じ親の腹から生まれ出てじゃれ合い睦み合い、ときには大喧嘩をしながらも常に断ち切ることのできない見えざる糸でつながっている。幼い頃は妹が目障りでならなかった。二つ違いのせいか寄ると触ると喧嘩した。どうして親の敵みたいに喧嘩ばかりするのかと母に叱られると、今度は突然結託して二人で母を睨みつける。仲がいいのか悪いのかわからない。いつも一緒に遊んでいたから喧嘩をする頻度も高かったのかもしれない。母に言い付かって二人で買物に行く時は、幼い妹が手をつなぎたがるのに私はわざと知らんぷりを決め込んでばかりいた。大人になってから妹と外出したとき、商店街で幼い姉妹を見かけたことがある。妹が小さな手を差し出して手をつなごうとするのに姉は、やだもん！　とばかりにすげなく背を向けて歩いて行く。それでも幼い妹は、お姉ちゃん、お手々！　お姉ちゃん、お手々！　と言いながら追いすがろうとする。思わず吹き出してしまった。私達もあんなことをしていたのだ。

妹とのいざこざで忘れられない思い出がある。昭和三十年代の女の子の代表的な遊び、ぬり絵と紙人形は私も大好きだった。最初は駄菓子屋で買っていたが、少し大きくなるとどちらも自分で描いて作る方が面白くなった。特に紙人形は厚紙に描いた女の子を切り抜き、これに合うように着せ替え用の服を何枚も作るのが楽しい。ある時ほれぼれするくらいの会心作ができた。妹も気に入り、頂戴とせがんだが私は取り合わなかった。すると翌日、小学校から帰るとその紙人形がなくなっていた。妹が隠したとすぐわかった。逆上した私は妹を責め立て、返せ！　と泣きながら叩いたり蹴ったりした。だが自分でも後ろめたい思いのある妹は珍しく抵抗せずにじっと耐えている。母が買物から帰ってきた時には二人とも涙で顔がぐしゃぐしゃになっていた。どうしたのかと問われておずおず白状した。たかが紙切れ一枚のことで妹に乱暴するなんて、と怒られると思ったが、母の反応は意外だった。

「たかが紙切れ一枚でも絵美ちゃんにとっては大切な宝物、すぐに返してあげなさい」

妹にはそう諭し、私にはこう命じたのだ。

「由紀ちゃんがあんなに欲しがっているのだから、同じ物をもう一つ作ってあげなさい」

救われた思いがした。恨めしげに紙人形を返してくれた妹に心を込めて同じ人形を作ってあげると妹は一応納得して仲直りしたが、後になってちょっと不満そうに言った。

「でもやっぱり違うよ。後から作ってくれたのは最初のものほどよくない」

無心で作ったものとそれをなぞったものの微妙な違いを妹は感じ取っていたのだ。その頃から彼女は私の絵の最も手ごわい評論家だった。後年、それが絵から文章に代わっても妹の目は変わらない。

小学生になると妹は偏屈な姉と大人達の橋渡しをするようになった。私が自室で勉強するふりをしながらこっそり漫画を書いていると、いきなり襖が開いて妹が入ってくる。慌ててノートを隠してももう遅い。全てお見通しといった口ぶりで妹はこう言うのである。

「私はお母さんから偵察に行けと言われて見にきたんだからね。ちゃんと勉強しなきゃダメだよ」

そして母には私が勉強していたと何食わぬ顔で伝えたのである。

妹は幼い頃から舌を巻くほどに処世術に長けていた。いつも要領の悪い姉を見ていたから自然に身についたのか。ある時は甘え、ある時は従順に、またある時は年上のような顔を使い分けて、姉には到底真似のできないほどしたたかだ。それに加えて昨今は妻の顔、母親の顔も身に付けている。

だが久しぶりに母姉妹で宿に泊まった晩は昔ながらの妹の顔に戻っていた。一つ腹の乳を一緒に吸い合っている猫の子同士のような顔。ジャレ合い、噛み合いながら、同じ母の懐で育てられてきた同胞、温泉で互いの背中を流し合いながら改めてそれを実感した。

明ければもう帰りの列車の時間は迫っていた。わずかな暇も惜しんで買い物をする妹は手早く夫君と子供達への土産を選ぶ。家に帰ってからすぐ食べられるものを、と見繕っている顔はすっかり主婦のそれだ。土産物をどっさり詰め込んだ大きな旅行バッグの肩紐が肩に食い込んでもビクともしない。堂々たる母親ぶりだ。

新幹線が上野駅に着いた。大阪まで乗って行く妹を車内に残して母と私は常磐線に乗り換えるために下車した。ホームをゆっくり歩いていると、傍らを今降りたばかりの新幹線が風を切ってすり抜けて行った。軋轢音を轟かせてぐんぐんスピードを増していく。その独特の反響音が私には、遠い日の妹の呼び声に聞こえた。エミちゃん、お手々！　エミちゃん、お手々！　私の耳底にこだましながら、妹を彼方の闇に運び去って行った。

「雷鼓」二〇〇六年冬号

六十九年目の通知

何の変哲もない役所からの書類だと思い、母はその封書を夕食後に無造作に開いた。とたんに態度が一変し、何、どういうこと？　と声が上ずってきた。その声で文書の内容を読み上げ始めるのを聞いて、今度は私が仰天した。それは母の兄、勝夫叔父の戦死に関する調査報告書だった。直接の差出人は茨城県保健福祉課、そして大本はソ連抑留中死亡者名簿の調査を続けている厚生労働省だ。封筒の中にはロシア連邦から受領したというロシア語の書類も含まれ、叔父の臨終までの記録が克明に記されていた。

「今更どうして」

母はしきりに首を傾げている。平成二十六年七月、すでに終戦から六十九年の歳月が流れているのだ。資料によれば、ロシア連邦国立軍事顧問書官が保有してきた資料の写しが平成十七年以降、日本側に提供されたのだという。その資料というのがロシア側が収容所で抑留者から聞き取りをおこなって作成したロシア語の文章なので、記載間違いもあり、受け取った日本側の照合調査は大変な労力と時間を費やさねばならなかったようだ。ロシア語の原文では叔父の「勝夫」という名が「カツアイ」もしくは「カウミ」と記されている。そこから身内の連絡先を割り出すのは気の遠くなるような作業だったろう。遅すぎる通知だと非難する訳にもいかない。だが調査書に添えられた「他の遺族の皆様にもお伝えください」という一行はやはり時機を逸している。勝夫叔父の遺族は今や私の母ただ一人なのである。

母には三人の兄がいた。いずれももうこの世の人ではない。一番早く亡くなったのが上記の勝夫という二番目の兄で、満州で戦死したとされている。母はこの勝夫兄が一番好きで、事あるごとにその人となりを語っていた。色白で目が大きく、女のような人だったというのが母の口癖、絵を描くのが好きで、およそ戦場には相応しからぬ人だったようだ。そのせいか、同世代の若者達がどんどん出征していく中でも召集令状が届かなかった。なよなよしているから徴兵検査で落とされたんじゃないかしら？　とは母の憶測だが、戦局が悪化していく中で肩身が狭かったのだろう。自ら志願して大陸に渡り、現地採用で関東軍に入った末に戦死してしまった。故郷を発つ兄を駅まで見送りに行ったのは当時女学生の母一人だった。自分はここにいてはいけないんだろうな、と寂しそうに言いながら駅へ向かう兄に何も言葉がかけられず、母はただ黙ってついて行くしかなかったという。終戦後、兄の戦死を知らせる通知が紙っぺら一枚のみ届いたが、遺骨も遺品もなかった。噂では満州の寂しい荒野の一隅で息を引き取ったという。さぞ寒かっただろうねと母は痛ましげに語っていた。それが戦後六十九年目にして青天の霹靂のような通知が届いたのだ。

調査書によれば、叔父はソ連の収容所に送られ、昭和二十一年三月に軍事病院で死亡したとあった。戦争が終わった翌年だ。享年二十五歳、戦死ではなかった。高熱と食欲不振で極度に衰弱した末の死だった。病名は肺結核と記され、遺骨は現地の墓地に埋葬されたとある。

これを聞いて私はある風景を連想した。ウズベキスタンのサマルカンドにある日本人捕虜の墓地だ。私の治療客Nさんという世界各地を足しげく旅している人から聞いたものだ。Nさんの話はいつも興味深かったが、サマルカンドの日本人墓地はとりわけ強い印象を受けた。敗戦後、随分多くの日本兵がシベリア各地に送られたことは私も聞き及んでいるが、ウズベキスタンまで送られた人達がいたとは知らなかった。その街で日本人捕虜は道路整備などの作業に従事したそうだが、住民達はその勤勉さに好感を持ち、街の整備の礎となってくれたことに感謝を込めて日本人のために立派な墓地を作ってくれたのだという。Nさんが訪れたときも日本人墓地はきれいに整備され、入り口に常駐している門番のおじさんがにこやかに出迎えてくれたそうだ。鮮やかな花が絶えることなく供えられている明るい墓地だったというが、丁重に埋葬されてもそこに眠る人達はどれほど故郷へ帰ることを切望していただろう。明るくきれいなだけに一層悲しさが増してくるようだ。

勝夫叔父もそんな大陸の果てに眠っているのかと一瞬想像したが、送られてきた調査書に添付されていた地図を見ると、叔父が収容された場所はプリモルスク地方、日本語では沿海地方と呼ばれるロシアの東の外れの土地だった。ウスリースクという街名が四角く囲み線で表記され、黒丸と赤丸の記号も添えられ、第８６５特別軍病院、第三墓地と記されている。ナホトカの北で、北海道とほぼ同じ緯度だ。ウズベキスタンに比べたらはるかに日本に近い。日本海を挟んですぐ目と鼻の先に祖国があるというのに、叔父はその海を越えて戻ってくることができなかった。

「鉛筆を買うなら三菱鉛筆にしなさい」子供の頃、母からそう教え込まれて私は実直にその教えを守っていた。勝夫叔父が三菱鉛筆の工場に勤めていたからというのがその理由だ。母は東京生まれである。父親は築地で商売をしていたが、病気を機に故郷の茨城に引き揚げ、母はその地で小学校に通うようになった。だが東京生まれの兄達は田舎暮らしが性に合わず、都内に残って自活する道を選んだ。次男の勝夫兄が三菱鉛筆工場に勤めていたというのはその頃の話だ。妹思いの優しい兄で、色鉛筆やきれいな絵本を東京から送ってきてくれるのが少女時代の母には何より楽しみだったという。もの静かで絵を描くのが好きだった勝夫叔父、静かで穏やかな暮らしが続くことをどんなにか望んでいただろう。

幼い頃の私も絵を描くのが好きだった。夢中で画用紙に向かっていると、母は目を細めて言った。絵が好きなのは叔父さん譲りね、生きていたらどんなにあんたを可愛がってくれただろうね。繰り返しそう聞かされてきたせいか、私が生まれるよりはるか以前に亡くなった叔父だというのに何とはなしに親しみを覚える。戦争がなかったらと、若くして死んだ人を痛ましく思う。

母は繰り返し調査書を読み返してようやく納得がいったようだ。寂しい荒野で誰にも看取られずに死んでいったと思っていた兄が、病院で人並みに介護され、野ざらしではなくきちんと埋葬されたとわかってほっとした。これで長年の胸の閊えがとれたという。更に、あと十年若ければ、是非お墓参りに行きたかったというが、今年八十八歳、車椅子生活の母にはロシアの地までの長旅は望むべくもない。勝夫叔父を知る人ももうほとんどこの世にいない。一応、骨のないまま供養した墓はあるが、海の向こうまで線香を手向けにいくことは私と妹に課された宿題だ。

今年で終戦から七十年、マスコミでもやたらとその話題を取り上げている。戦争体験者は年々減少しているだろうが、終結していない戦争を心に抱えている人はまだまだ多いだろう。

「文章歩道」二〇一五年夏号

タイムマシン

ＳＦ界の抒情詩人と呼ばれるＳＦ作家のレイ・ブラッドベリの作品に、『タイムマシン』という短編小説がある。数多いタイムマシンを扱った小説の中でもブラッドベリの小説は非常にユニークだ。

少年達が誘い合わせて近所の老人の家へ話を聞きに行く。退役軍人の老人は十九世紀アメリカの歴史の生き字引のような存在で、少年たちに乞われるとかつての戦の模様を臨場感溢れる語り口で聞かせてくれる。満足した少年達は帰り道にこう言い合う。
「でもこのタイムマシンは八十年が限度だな。それ以上昔にタイムトラベルするには本物のタイムマシンを製造するしかないね」

何と温かい人間味のあるタイムマシンだろう。私もこれに似たタイムマシン的人物を幾人か知っている。

その一人は私が最初に都内で一人暮らしを始めたときの家主さんだ。三十年前にすでに八十半ばを過ぎていたから、もう今生では出会えないだろう。原宿の表通りから一筋入った静かな住宅街の一角で犬と猫と一緒に暮らしている品の良い老女、木造平屋の小さな家も江戸情緒漂う骨董品的な趣があったが、家主もその佇まいに相応しい江戸の香りを湛えた人だった。

私が歌舞伎好きだと知ると家主はテレビの『邦楽百選』や歌舞伎中継が放送される度に自室に招き入れ、一緒に見ながら芝居の話をひとくさり語った。膨大な量の昔の歌舞伎役者のブロマイドや歌舞伎の筋書きを見せてくれることもあり、小唄、長唄、端唄の違いが聞き分けられるようにならなければいけませんよと楽譜を取り出して口ずさんでみせる。姿のいい役者を見ると、「いい役者ぶりだこと!」と頬を染める。女に年齢はないのだなとつくづく思った。

芝居の話題に限らず家主の昔話はかつての東京市の情景を映画の一シーンのように伝えてくれた。幼い頃、父親に連れられて散歩した池の端の風景はまるで芝居から抜け出たようだったという。池の周りに軒を並べた御茶屋の前でポンポンと手を打つと、はァーい!と長い前掛け姿の小僧さんが飛び出してくるのだ。

昔の東京市の地図も拝見した。赤坂は確かに坂だった。青山は竹やぶの多い山で、暗くなると狐がコーンと鳴いたそうな。家主の家からまっすぐ原宿に向かう道は竹下通りにつながっていて、急な下り坂を下ると今はコンクリートで固められた通りに行きあたるが、昔は小川が流れていたという。戦争中はこの一帯も空襲で焼かれ、火の手に追われて川に飛び込んだ大勢の人々の遺骸が浮かんでいたそうな。実はその小川こそ童謡『春の小川』のモデルだったという話は後になって知った。ファッショナブルなこの街のコンクリートの下にそんな歴史が眠っていたとは驚きだ。家主の話を聞いていると、自分が毎日見ている現代的な街がまったく別の表情を見せ始めるから不思議だ。その街が積み重ねてきた時間の重層構造とでも言うべき歴史の深さが伺えるからだろう。今、同じ時空間で向き合っている人が、急に別の世界の空気を吸っている人のように思えてくる。

もう一人のタイムマシンは、以前私の治療室にしばらく通っていたフサさんという客だ。当時は八十半ばだった。今は九十半ばを越えただろう。治療中に随分興味深い話を聞かせてくれた。

フサさんの実家は岐阜提灯の老舗だった。明治から大正にかけて需要が増え、たいそう羽振りが良かったそうだ。大の芝居好きだった父親は経済力に任せて自前の芝居小屋まで建てたという。大阪や東京から毎月のように芝居一座を招いて興行を打った。町の名士だったのだろう。築地小劇場を呼んだこともあったが、これは受けなかった。やはり土地柄、上方歌舞伎が一番大入りだったそうだ。

小学生だったフサさんは学校帰りにまっすぐ芝居小屋を覗きに行った。大掛かりな芝居の時は仕事場の職人や丁稚まで借り出され、捕り手や町人役で舞台に上がっていたそうだ。花道の傍に陣取って舞台上の身内の者に声をかけると、職人さん達が苦笑していたとか。

だが時代の流れとともに岐阜提灯は安い中国製のものに押されて売り上げは激減、芝居興行どころではなくなり、父親は失意のうちに亡くなったそうだ。閉鎖された芝居小屋は戦時中に取り壊しの憂き目に遭った。高い建物は敵機の目標になるというのが理由だった。芝居小屋の大黒柱に太いロープをくくりつけ、大勢で引いて一気に崩した。堂々たる芝居小屋が目前で土煙をあげて崩れ去る様を、多感な時期のフサさんは無念の涙で見守ったという。

「今だに夢に見るんよ、芝居小屋の屋根が瓦礫のようにガラガラと崩れていく瞬間を。本当に惜しいことしたわ」

実に無念そうにそう語った。時代が時代なら、四国の阿波座のように再び脚光を浴びる機会も巡ってきただろうに。岐阜の町の中に立派な芝居小屋が存在していたとは、現在どれほどの岐阜市民が知っているだろう。

このタイムマシンの守備範囲は広い。三河地震の生々しい体験も仔細に語ってくれた。

更に民話の世界へも飛んでいく。長良川の上流地域で育ったフサさんの幼少期は民話の世界のようだ。お使いで人里離れた山の道を通った時、危うく狐に化かされそうになったという。夕暮れ迫る頃、歩きなれた道からどんどん外れておかしな方向に行きかけた。ふと見ると傍らの木陰で狐が二本足で立ち、前足で印を結んでいたという。

「本当に化かすんよ、狐という動物は。妖術を使って私らを惑わそうとしてたんよ」

理知的なフサさんにしてその言葉、私はどう解釈してよいものやら首を傾げてしまった。

長良川に河口堰ができる以前は海水と川水のせめぎ合いで大渦が発生し、不思議な噂も生まれたという。渦に巻き込まれると川底に引きずり込まれ、潜んでいるぬしとやらに食われてしまうというのだ。これは危険な川に子供を近づけないための大人の方便だったろう。だが昔はわざわざぬしの正体を確かめに渦の中に飛び込んで行く腕白坊主もいた。フサさんはその腕白坊主から、確かにぬしはいたと聞いた。多分その正体は長年棲み着いている巨大な鯉だろうというのが彼女の見解だ。坪田譲治の童話を彷彿とさせる話だ。

面白いことにタイムマシン達は私が目を丸くして聞き入るほどに、あれ、ご存知ない？と悦に入っている。そして気がつけば、タイムマシンの一つに私の母親も加わろうとしている。今年七十九歳を迎える母は、短命な黒澤家の家系の中で今や最長老だ。他の同世代達はことごとく他界してしまい、残るは私の年代から下ばかりである。法事等で顔合わせをすると従兄弟達はしきりに質問する。

「叔母さん、教えてくださいよ。もう聞ける人が他にいなくなっちゃったから」

父の実家の敷地内にどんな建物が立っていたか、その前後のいきさつは？　故郷の商店街の往年の賑わいも、もはや臨場感を持って語れるのは我が母のみになってしまった。

時の流れは早く、人の記憶は容易く消え失せる。私が幼い頃お盆のお参りに行った並木道の傍らの墓地も随分様相が変わったらしい。墓地の入り口に聳えていた欅の大木も車の通行に邪魔だとして伐採され、そのいわれも殆ど伝わっていない。実はその昔、近辺を流れていた川の氾濫を防ぐために人身御供を立て、その供養のために植樹したのだと私達は幼い頃に聞かされた。人身御供にされた人は鈴を手に埋められた。しばらくは土中から鈴の音が響いていたがやがて聞こえなくなった。雨の夕暮れに大欅の傍を通ると、今でも鈴の音がどこからともなく聞こえてくると聞かされて子供心に恐れを抱いたものだった。

若い頃は地元の歴史や自分の家系などどうでもよかったが、年齢を重ねるほどに興味が湧いてきた。今ここに自分が存在するためにどれほどの先人達の苦闘の歴史が重ねられてきたか、その時間の尊さを実感できる年頃になったからだろう。従兄弟達が母の昔話に驚き、感心する。母は満足そうに決め言葉を言う。

「あら、あんた達、知らなかったの？」

我が家のタイムマシンもサビつかずにどこまで飛行距離を伸ばせるだろう。時折ネジを巻き油をさして定期点検ならぬマッサージ治療を施す。貴重な歴史の生き証人だ。

「雷鼓」二〇〇六年夏号

洪水

「茨城県南部が洪水で大変だそうですね。お宅は無事ですか?」

九月中旬、サンフランシスコ在住の友人からお見舞いメールが届いた。鬼怒川決壊による水害で県南地区がてんやわんやの真っただ中の折、この情報の速さには驚いた。幸い私の住む取手市は被害はない。即、返事を送ったが、普段は地球の表と裏に遠く離れて暮らす間柄でも、事が起きると間髪を入れず安否確認をしてくれる友人はありがたいと思った。その後も何人かの友人から次々に水害見舞いが届き、情報化社会のスピードの速さを痛感した。

それにしてもテレビの報道はすごい。あれでは実際以上に緊迫感と臨場感が増長され、思わず手に汗を握らずにはいられないだろう。ここ数年だけでも全国各地で土砂災害が多発し、現場からのリポートは作り物のドラマよりはるかに強烈な迫力で迫って来る。まるで映画の一シーンのように災害現場の一部分をクローズアップした画面は限りなく劇的だ。すぐ身近で今まさに起こっている災害なのだとわかっていても、テレビの報道を受け止める自分の感覚はどこかズレている気がする。

二〇一五年九月十日十二時五十五分、茨城県南部の常総市を流れる鬼怒川の土手の一部が決壊し、市の大半が水害に見舞われた。実はその日は仕事が休みなので仲間とランニングの約束をしていた。夜明け前から天気が気になって早々と目覚め、天気予報を聞くためにラジオをひねった。ここ数日、妖しい空模様が続いていて栃木県では何日も大雨が降り続き、その雨雲が茨城県にも被さってきたという。未明から次第に雨足が強まり、到底ランニングなどできそうにない気配だ。雨が弱まらないかと儚い期待を抱きながら激しく軒を叩く雨音に耳を欹てていたが、六時を過ぎた頃から雨音は更に激しくなり、これまでに感じたことのない異様な気配に包まれた。あまりの雨の轟音に他の音がすっと吸い取られたような真空状態になったのだ。思わず背筋に戦慄が走った。やがてラジオは常総市を流れる鬼怒川の一部が越水したと伝えてきた。越水とは聞き覚えのない言葉だが、堤防を川の水が越えたのだろうことは察せられた。これは堤防の決壊を意味するのだろうか？　先の見通しがさっぱりつかない。わかったのはランニングはあきらめた方がよさそうだということだけだった。

強い雨は午前中いっぱい続いた。昼を過ぎて堤防決壊のニュースが流れた。ちょっと意外だった。越水してから数時間も堤防は持ちこたえていたのだ。住民達には避難する時間はたっぷりあっただろう。常総市は数年前に市町村合併で出来た大きな市で、中心部はかつての水海道市、私の知り合いも多く住んでいる。鬼怒川のどの辺りが決壊したのか気になったが、水海道より川上の石毛地区だとわかって少し安心した。市街地からは外れた地域だったからだ。安心した私はテレビを消して呑気に仕事の資料整理などを始めた。認識の甘さに愕然としたのは夕方、大阪の姪から電話をもらってからだった。お見舞いの電話かと思い、こちらは被害ないからとのんびり答えると、姪は興奮した口調でテレビを見るようにという。大阪に住んでいる者からこちらの近辺の出来事を教えられるというのもおかしな話だが、慌ててテレビをつけると画面いっぱいに凄まじい洪水の状況が繰り広げられていた。恐ろしい勢いで流れる濁流、水没し孤立した家々、屋根の上で救助を待つ人々、ヘリコプターの爆音が更に緊迫感を煽り、被災者が自衛隊員に抱きかかえられて宙に吊り上げられた瞬間、まるで計算されたように家が濁流に流されていく。下手なドラマよりはるかにスリリングだ。この瞬間、テレビの前で固唾を呑んで見守っていた日本全国の人々がほうっと安どの息をついたことだろう。だが、これは本当に我が近隣の町の出来事なのだろうか？　まるで絵のようなドラマではないか。時として切り取られた映像は現実以上にドラマチックな世界を演出する。テレビの画面で繰り広げられているドラマとすぐ身近で起きているであろう事実とのギャップに妙な違和感を覚えながらも、テレビの前から離れることはできなかった。

夜になって、決壊した石毛地区よりも下流の水海道地区まで濁流が押し寄せ、市役所や街の中枢がことごとく水没したことを知った。水海道に住む知人の様子が気になり、母が安否確認の電話をした。幸い川の西地区は浸水を免れ、知人も無事だった。それから一か月ほどはリアルな体験談が洪水のように私の治療室にも渦巻いていた。堤防決壊の連絡を受けても自分達の居住地が洪水に遭うなどとは信じられず、呑気に構えていた人も多く、知人は道路が冠水してから急に焦ったそうだが、開き直ってふて寝をしていたら水位が下がり始め、災害を免れたという。こういう話には実感がこもっていてわかりやすい。「線状降水帯」という聞き慣れない専門用語も覚えた。想定外の雨量が鬼怒川全域に降り注ぎ、常識を超えた水量によって悪夢のような水害がもたらされたらしい。当日の朝、思わず身震いした異様な雨音の正体はこれだったのだ。

洪水の後、朝に夕に不気味なサイレンが我が町を縦横に駆け巡った。狼の群れの遠吠えのような唸り声が遠くから鳴り響いてきて、近辺の幹線道路を大音響で貫いていく。実はそれは全国から救援に駆け付けた消防隊が取手市の施設に駐屯し、毎日被害地域まで出動していく音だった。それと知ってからも、この世のものとは思えぬ不吉なサイレンには馴染めず、その音が聞こえなくなって初めて救援活動が一段落したことを悟った。

災害地域はこんな風に報道され、世間の好奇の目に晒されるという事実を改めて噛みしめた。濁流に飲み込まれる町で電信柱に長時間しがみついて救出された男性は全国的に有名になり、ニューヨークでも紹介されたというが、その後手の傷口から破傷風に感染し、亡くなったという噂を聞いた。折角九死に一生を得たのに何と不運なと思ったが、実はデマだと知って笑ってしまった。死亡の噂を撒いたのは本人だったのだ。あまりのマスコミ攻勢に辟易し、そこから逃れるために自ら死亡説を流したらしい。それにしても善意も悪意も含めて凄まじい情報がテレビ、新聞を埋め尽くした。四年前の東日本大震災の被災地は今回の比ではなかったろう。地元の人々の苦悩を思い知らされた感じだ。

「茨城県で盲人が電車事故に遭ったと聞いてギョッとしましたが、不謹慎ながらあなたでなくてほっとしました」

前述のサンフランシスコ在住の友人から再びメールが届いたのは水害から二か月ほど経った十一月初旬だった。今度は我が茨城南部を走っているローカル電車の駅で起きた事故だ。視力障害の男性が白杖を電車のドアに挟まれ、電車に引きずられて大怪我をしたという。ここ数か月、他にも盲人が巻き込まれる交通事故が多発していて他人事とは思えない。

出かけるときには水盃だねと母と笑い合っているが、本当は笑いごとではない。災害や事故が起きる度に「想定外」という言葉が使われるが、想定とは何を基準にしているのだろう。今までの常識が通用しない時代になったのだとしたら、想定の基準も変えねばならないだろう。地球の裏側にもあっという間に情報が届く。情報という濁流に押し流され、あっぷあっぷしている私達の姿が見えるようだ。

「文章歩道」二〇一六年春号

伊集君

特に心惹かれた訳でも、親しくつき合った訳でもないのに、いつまでも印象深く心に残っている人がいる。伊集君は中二の時、石垣島から宝塚の中学へ転校して来た。痩せて小柄で色浅黒く、オドオドした目つきがどこかネズミに似ていた。

英語の辞書も持たず、授業中はうつむいたままだ。前年茨城から転校して来て、言葉や習慣の違いに戸惑った私は、同じ転校生の誼《よしみ》で伊集君に同情した。席が近かった事もあって機を見て小さな辞書を彼に手渡した。驚いたのか、照れたのか、伊集君はニコリともせず受け取ると手早く鞄にしまい込み、それっきり返してくれなかった。しばらく使っていていいよというつもりだったのだが、彼は貰ったと思い込んだらしい。学習雑誌の付録の辞書で、私は他に愛用の物があったので、別段困りはしない。それならそれで、まあいいかと思った。

伊集君のうやむやな態度は転校後何か月経ても変わらなかった。授業中も放課後も全く目立たず、他の男子生徒から、「おい、伊集、行くで」と声をかけられると、大人しく後について行く。沖縄訛りらしい独特のアクセントでモグモグと呟くように話す。あの内気な性格は転校生だからではなく、もともとの人格だったのだ。そんな伊集君を私は内心、小馬鹿にした。

私達の通う中学校は学区内に朝鮮部落と新平民の部落があり、同和教育に熱心だった。授業中も給食時も班ごとに机を寄せて互いの顔を見ながら、和気藹々とコミュニケーションを計る。自由に意見を書き、その感想を述べ合う為の「班ノート」を作り、回し読みするなどの配慮もあった。

班ノートを読むのは結構楽しかったが、ある時伊集君が思いがけない意見を書いた。タイトルは「赤く塗られた日本」。内容はざっとこんなものだ。

「世界地図を広げると、日本だけが真っ赤に塗られている。これは戦争を起こした危険な国ですよ、という印なのだ。だから僕等は世界平和の為に努力し、いつの日か地図から赤く塗られた危険な国の烙印が拭い去られるよう努めて行かねばならない」

勿論地図上で日本が赤い色に塗られているのは本来そういう意味ではない。だが伊集君があえて危険な国の象徴と断言し、平和について述べた事に少なからず驚いた。

戦争を知らない私達の世代は、日本の為にとか、世界平和という言葉を大上段に振りかざすことに一種の照れとうさん臭さを抱いている。班ノートに書くテーマも軽いノリの話題が多く、七十年安保が近づく世相の中でテレビのスパイドラマやグループサウンズに夢中になっていた。時折、梅田駅周辺に出かけると反戦運動の学生達がチラシを配り、声高に叫んでいたが、私にはまるで遠い世界の事でしかなかった。だがあの寡黙な伊集君は、平和について誰よりも明快な意見を持っていた。それは石垣島の風土と歴史が育んだ自然で素直な感情だったのかもしれない。彼の言葉は反戦活動家の過激な声とは全く違う所から私の心に響いてきた。

伊集君が班ノートに書いた文章は級友達の間にちょっとした波紋を投げかけたが、当の本人は相変わらず無口で、多くを語ろうとはしなかった。勉強が得意ではなかった伊集君、就職したのか、進学したのか、卒業と同時に私の視野からふっつりと姿を消した。

何年か過ぎた。学生仲間と八重山諸島を旅した時、伊集という姓はこの地域ではありふれた名前だと知った。すぐに伊集君の顔が浮かんだ。彼の一家はどういう事情で住み慣れた島から阪神沿線に引っ越したのだろう?

また何年かが過ぎ、思わぬ所で伊集君に出会った。そのとき私はテレビでボクシングを観戦していた。ジュニアフライ級の日本人チャンピオンが誕生する瀬戸際だった。『あしたのジョー』という劇画の影響でボクシングに惹かれ、熱心に見ていたのだ。

勝った！　痩せて小柄な挑戦者はリングの中央で高々と両手を上げた。やがて勝利のインタビューが始まった。石垣島出身のボクサーの顔が画面一杯に映る。精悍というより、気弱そうな照れた表情と、訥々とした話し振り。あれっと思った。どこか見覚えがある。

「僕、日本の為に頑張ったよ」という言葉が新チャンピオンの口から洩れた。伊集君だ！とっさに思った。その日以来、私は彼に注目した。カンムリ鷲のチャンピオン、具志堅用高。テレビの試合は勿論、雑誌記事も読みあさった。素顔の彼は内気で寡黙、ネズミを思わせる風貌だが、一旦リングに立つといきなり切れの良いカウンターパンチを応酬し、日本の為に頑張る等と臆面もなく言ってのける。その純朴な姿の背後に大勢の伊集君の面影が見える気がした。彼は大勢の沖縄の少年たちの代表なのだ。

やがて具志堅は引退し、私の意識から伊集君の存在も薄らいでいった。最近久しぶりにあの訥々とした沖縄訛りをラジオで聞いた。石垣島出身のミュージシャンだった。

近年、島唄が静かなブームになっている。現代人が忘れかけた自然のぬくもりや素朴な心意気に溢れているからだろうか。家族のこと、友人のこと、島で過ごした少年時代のこと、淡々と語り続けるその声を聞いていたら、また伊集君を思い出した。

「僕、日本の為に頑張るよ」

何のてらいもなくそう言った少年は、激しく流れ続ける時代の中でどんな人生を歩んでいるだろう。彼の消息を探る手立てはないが、ラジオ番組を聞き終わった後、清々しい風が心を吹き過ぎた気がした。多分忘れた頃にまた伊集君は思いがけない所から顔を覗かせるのだろう。

「文章歩道」二〇〇二年夏号

非凡なる平凡

「きっとあなたが会いたがっているだろう人を、今度是非連れて行ってあげる」

　メールでそう予告していた中学時代の演劇部仲間Kが、我が家に来訪したのは秋の盛りの午後のことだった。約束通り同伴したのは中学時代の恩師、太田昭臣先生だ。太田先生は演劇クラブの顧問だった方で、お会いするのは約四十年ぶりだ。

　幼い頃から変身願望が強く、芝居が大好きだった私は中学に入学するとまっしぐらに演劇クラブの門戸を叩いた。この学校の演劇部は本格的だという噂に胸弾ませて入部してみたら、出会ったのが顧問の太田先生だった。初めてのクラブ活動の日、私は先生の第一声に度肝を抜かれた。教室中に響き渡る鍛え上げられた鋼のような声、アマチュア劇団を主宰した経歴を持つ独特の存在感、子供ながらに只者ではない凄みを感じ、これからの三年間に期待を膨らませた。だが残念ながら先生との縁は、私の家の引越しという事情でわずか三か月ほどで終わってしまった。引越しは楽しみだったが太田先生の指導が受けられなくなるのは如何にも心残りだ。そこで未練がましく後々まで先生に年賀状を送り続けた。先生から返ってくる賀状は印刷されたものだった。印刷しなければ追いつかないほど教え子が大勢いたのだ。短い縁だったが私もその中に割り込ませてもらった。

河童伝説で有名な牛久市にお住まいの先生は、「かっぱ通信」と銘打った賀状を送って下さる。石の上で片あぐらをかいた河童の絵が添えられた葉書の紙面に、社会の動向を皮肉とユーモアたっぷりに語る河童の独り言が踊っている。この洒落た賀状を読むのがある時期、新年の楽しみだった。

賀状のやりとりがなくなって久しく年月が流れ、いきなりの再会である。私にとって太田先生は人生航路に乗り出す以前の、遠い記憶の中の住人だ。それが時間をひとっ飛びして再会する運びとなったことに若干の戸惑いを感じた。先生との縁が途絶えていた間に私は二十回以上も引越しを繰り返し、失明し、転職し、今は母と二人きりの生活の中にささやかな平穏を見出している。生まれ故郷は現在の住まいから目と鼻の先だが、精神的にはとても遠い距離にある。あえて昔の友人知人達に連絡せずに来たのは、障害を抱えた状態で彼らに会うことに気後れを感じていたからだ。だが何人かの友人と再会し、自分の危惧が取り越し苦労だったことを知った。中学時代の友人Kもその一人で、さっそく太田先生に会えるよう取り計らってくれた。

　四十年の時間を飛び越えて現れた先生は開口一番屈託なくこう言った。

「おう、わかる、わかる！　昔の面影が残っとるなあ」

　その一言で私の不安は霧散し、懐かしさがこみ上げてきた。人と人のつながりは一緒に過ごした時間の長さだけでは測れない。長い空白を経ての再会だというのに、まるで昨日会って別れたばかりのように打ち解けて語り合える人もいるのだ。この親近感は賀状のやりとりもさることながら、時折教職以外の先生の活躍ぶりを拝見していたせいかもしれない。先生の活動範囲は校内に留まらなかった。ＮＨＫのテレビのドラマの脚本を手がけたり、先生御自身が教育テレビに出演なさったこともあった。学生だった私は生まれ故郷から遠く離れた地でそのテレビを見た。だが画像の中の先生は、それまで記憶の中で温めていたイメージとは若干異なっていた。私の勝手な思い込みで、太田先生像を自分勝手に膨らませていたのだ。十二歳の少女にとって先生は、全身から演劇のオーラを発しているとてつもない大きな存在だった。ところがテレビ画面の中の先生はごく普通の小柄で温和な中年紳士だったのだ。しかも昔は完璧な標準語だと思っていた口調も紛れもない茨城弁だ。話の内容自体は学校教育についてのまことに真面目な論議だったが、長年抱いていた恩師の面影はそこにはなかった。

視力を失くしたことが返って幸いしたのかもしれない。四十年ぶりに再会した先生は中学生当初に抱いた先生像を彷彿とさせた。姿は見えず、話ぶりからかつての先生の卓越した人間性が伝わってきた。私が失明したことはお聞き及びの筈だが、先生はそのことには触れず、気さくな調子で語りだした。自身の近況報告、身の上話、現在の教育問題。その話題の豊富さに引き込まれながら、なまじな同情をされないことが心地良かった。流石に大勢の生徒や学生を指導してきた人だけあって、盲目になった教え子に安易な同情はせず、只現在のありのままの姿を受け止めてくれている。

「視力障害があろうとなかろうと、君の人間性には関係ないだろう」

そう言いたげな言葉の端々から、長年教育に携わってきた人の揺るぎない信念が伺えた。昔、先生に感じた得体の知れない凄みはやはり本物だった。私は子供特有の直感でそれを嗅ぎ取っていたのだ。そして人生経験を経た今、ようやくその凄みの背景にあるものが何であるかを悟った。

太田先生の出身地は茨城県土浦市だ。私には意外だったが、戦後の一時期、土浦市は演劇のメッカだったそうだ。ドサ回り一座やアマチュア劇団がこの町に集結し、拠点として活動していたという。映画館も多く、そんな環境の中で映画と芝居三昧の青春時代を謳歌した先生は、映画監督になろうと幼馴染と誓い合い、共に日大芸術学部に進学したという。

その一方で演劇活動にも精力的に取り組み、地元でアマチュア劇団を結成した。旗揚げ公演には岡本綺堂の『修禅寺物語』を選び、ヒロイン・桂子役に無名の女子高校生を大抜擢した。ところがそのヒロインは都内からわざわざ視察に訪れた有名な映画監督の目に止まり、映画界に引き抜かれてしまった。その女子高生こそが後の大女優、南田洋子だ。彼女の素質を見抜いたのだから青年・太田昭臣氏の眼力もなかなかのものだが、主演女優を奪われてしまった劇団がその後どうなったかは聞きそびれた。

初心を貫いて映画監督を目指した先生は、大学卒業と同時に映画会社の入社試験を受けた。松竹の最終選考まで残ったそうだが、惜しくも落とされて涙を呑んだとか。このとき採用されたのが山田洋次氏と大島渚氏だった。一方、一緒に大学に通った少年時代からの友人は日活を受けて見事に合格、先生と明暗を分けた。それがあの深作欣二氏だったというから驚く。

映画界には見切りをつけたものの、芝居への情熱を絶ち難かった先生は、浅草のフランス座という芝居小屋に座付作者として転がり込んだ。だがここにも強力なライバルがいた。コメディアンが幕間に一人で演じるコントを競って書き、一番優秀なものが採用される。一人抜きん出た奴がいて、採用されるのはいつも彼のコント、一歩及ばず先生は悔し涙を呑んだ。そのライバルがかの井上ひさしだった。そしてそのコントを演じたコメディアンは無名時代の渥美清だった。

いつもタッチの差で苦渋を味わう。それでもここでの生活は自由を満喫できたそうだが、やがて故郷、茨城県から教職の枠が一つ空いたという声がかかるに及んで、先生は浪漫的生活に見切りをつけた。少年時代からの夢との決別だ。だが教師になっても先生は演劇を捨てず、中学校の演劇クラブで生徒達に指導する傍ら、テレビドラマの脚本を担当するなどの活動を続けた。

ＮＨＫテレビ『中学生日記』の脚本が先生の手になるという事実を知ったのは、随分後になってからのことだ。この番組専門の子役達の教育機関の発起人がプロデューサーと太田先生だったというのも今回初めて知った。当然、子役選びのオーディションには先生も立ち会ったそうだ。昔、無名だった南田洋子を抜擢したように、この時は竹下景子を発掘した。「オーディションで一番下手だったから」というのが選んだ理由だという。要するにまだ既成の色に染まっていないところを買ったのだ。抜群に声が良いという理由で森本レオも選んだ。どちらも先生の目に狂いはなかったわけだ。

太田先生の周辺には常に才能溢れる人材がキラ星のごとくに犇いている。先生御自身はその星の群れに加わることはなく、彼らに光を当てる立場に回った。そして学校現場でもテレビの仕事でも一貫して教育者としての誠実を貫いた。中学校教諭を定年退職した後、琉球大学に招かれて教鞭を取り、そこを退職した現在でも人生の総仕上げとして一年の半分を沖縄で過ごし、勉強会を主催している。

大学で教えていたのは演劇だったのかと問うと、文学だよという答えが返ってきた。文学上に表された教育が先生の永遠のテーマなのだという。

「日本の文学で一番最初に教育問題を取り上げたのは、山本有三の『米百俵』だ。あれが教育の原点だよ」

そう言い置いて先生は明治の教育問題を熱く語った。近頃、小泉首相が国会答弁で同作品を引用していたが、同じ作品でも取り上げる人の立場や解釈によって微妙にニュアンスが変わってくるものだ。先生の熱い語り口と波乱に満ちた半生に惹かれて耳を傾ける内に、気がつけば日は傾きかけていた。

「随分長く話し込んでいたなあ。余計なことばかりしゃべっちまった」

先生は笑って帰り仕度を始めた。一大叙事詩を聞き終わったような虚脱感に包まれながら見送りに立つと、玄関を出たところで先生は大きく吐息をついた。

「ドデカイことを成し遂げるつもりだったのに、俺の人生も大したこともなく終っちまいそうだ」

苦笑交じりの一言に、人生への万感交到るの思いを感じてはっとした。もしも先生が松竹に入社していて、山田洋次や大島渚と並んでメガホンを取っていたら、どんな映画を作ったたろう？　ふとそんな想像をしたが、人生にもしもは有り得ない。いつもほんの紙一重のところで人生の運不運は決まる。その紙一重の差が実は大変な差なのだということを長い人生の中で我々は思い知らされる。

果たして先生の人生は幸運だったのだろうか、不運だったのだろうか？　キラ星の群れに加われなくても、大地にしっかりと根を張って地味な花を咲かせ、次代に種を残していく。そんな堅実な生き方に心惹かれる最近の私には先生の生き様こそが真に価値のある生き方だと思えるのだが。

「先生の歩まれた道は立派だと思います」

お世辞なしに言ったが、先生の思いは私の想像の範疇を遥かに超えていたのだろう。人並み以上の才能を持った人ゆえに、凡庸な人間には計り知れない自我との葛藤も深かっただろう。非凡なる平凡。そんな言葉が頭をよぎった。

また来るよ、と言い残して先生は友人Kの車に乗り込んだ。真空のような夕暮れの中で、私は次第に遠ざかっていくエンジン音を聞きながら、夢のように経過して行った時間に思いを馳せた。

「文章歩道」二〇〇七年春号

ひめき

『ひめき』というタイトルのその造形物を一目見た瞬間、異様な迫力に背筋に戦慄が走った。壊れて錆びかけた三輪車にブリキのチリトリを括り付け、毒々しいほどの真紅のペンキを塗りたくってある。作者は同級生のK。四十数年前の高校時代の文化祭前日、油絵やデザイン画の力作が陳列された会場の片隅に置かれていた不思議な代物だ。Kは風変わりな個性の持ち主で、作品のみならず本人も独特の存在感を放っていた。

級友の話によればKは、ゴミ捨て場に転がっていた三輪車を見つけて即座に作ったという。『ひめき』というタイトルも出まかせに付けたというが、私には「悲鳴」と「呻き」を合わせた造語のように思えた。そして本当にチリトリの口は悲鳴のような雄叫びをあげていたのだ。空に向かって遠吠えをする得体の知れない怪獣、この怪獣は何に向かって吠え立てているのだろう？　威嚇するというよりは、自分を押しつぶそうとする大きな力に必死で抗っているように見え、ガラクタの造形物の前で足が釘付けになった。

だが『ひめき』は文化祭が終わるとすぐにKの手によって片づけられてしまった。高校生活も文化祭も今や追憶の彼方だが、あのガラクタの造形物の毒々しい姿だけは未だに鮮やかに記憶に留めている。そして日常のふとした瞬間にフラッシュバックして天に向かって咆哮する。

最近、また『ひめき』の怪獣が吠え立てた。阿部さんという友人の話を聞いたのがきっかけだ。阿部さんはアウトドア・ライフの権化のような人で、まめに山野に出かけては筍や木耳、芥子菜などの野生の食材をどっさり採ってくる。しかもその収穫物を丁寧に拵えて知人達に配って回るのが何より楽しみという奇特な人だ。

その彼女が十年ほど前、百合の球根を山盛り抱えてやってきて、我が家の庭先に植えてくれた。もちろん市販の球根ではない。花の栽培が盛んな他県の山中から拾ってきたといういわくつきのものだ。阿部さんの話によれば、花農家は定期的に球根を大量廃棄しているという。大輪の花を咲かせる一番花は高値がつくが、同じ手間をかけても二番花は価値が下がるので、一番花を出荷した後の球根は根こそぎ掘り起こして山里に捨ててしまうのだという。地獄耳の彼女は花農家がこぞって山里の一角に球根を捨てたという情報を聞きつけるが早いか夜中に車を飛ばして一路現場に向かう。そして闇に乗じて山中へ分け入り、

球根を探し当てて密かに拾い集めてくる。捨てられた球根は小山のように堆《うずたか》く積もってい
て、下方はすでに腐り始めているが、頂上の方にはまだ捨てられたばかりの鮮度の良い物
が積まれ、新たな蕾も伸び始めている。
　そのまま放置して腐らせるくらいなら持ち帰って庭に植えてやった方が花も救われるだ
ろうというのが阿部さんの言い分だ。そして嬉々としてかき集めた山盛りの球根を、自宅
の庭に百個、知人友人の庭には十数個ずつ植えて回る。我が家の玄関先に植えられた球根
も、それから何年かの間繰り返し花を咲かせ、治療に訪れる人達の目を楽しませ、窓辺に
芳しい香りを運んでくれた。ずいぶん沢山の見事な百合、と客が賞賛する度に私はいきさ
つを語って聞かせ、捨てられた球根があんなに豪華な花を咲かせるなんて、まさしく「拾
い物」だと笑った。
　その百合は数年間、初夏の庭先を彩ってくれたが、年々花は小さくなり、いつしか土の
中に消えていった。最近阿部さんにもう百合の球根を拾いにいかないのかと尋ねると、今
は花農家は山中に捨てなくなったのだという答え。球根を掘り起こしてわざわざ山中に捨
てに行くのも手間がかかるので、数年前から畑に埋まったまま潰しているのだという。大
輪の一番花を採った後の畑に機械を入れて、球根ごと土を耕してしまうのだ。
　まだ充分に花を咲かせる力がある球根を切り捨てるなど勿体ないと思うのは、農家の労

働の大変さを知らない素人考えなのだろう。だが阿部さんの話を聞いた瞬間、赤いガラクタが天に向かって吠え立てている姿がまざまざと脳裏に浮かんだ。押しつぶされ、ほじくり返される球根の悲鳴が聞こえてくる。合理性を追求する現代社会の中で、無駄な物の烙印を押された物たちの断末魔の叫び声だ。

「雷鼓」二〇一五年夏号

記念日

夏からいきなり冬になってしまったような今年の晩秋だが、ここ数日は思い出したように小春日和の再来が続いている。十二月四日もそんな日だった。朝目覚めて雨が降っていないことを確かめると安堵した。なにしろ一日中予定が満載なのだ。午前中は神宮外苑でおこなわれる一〇キロレースに参加、夕方からは浜離宮で催されるピアノ・コンサートに行く。つなぎの時間は新宿で友人と会う。都内をせわしなく移動するので、雨に祟られるのは辛い。

雨の気配が微塵もない朝の冷気を何度も吸い込みながらレース前の緊張感を解した。何度経験してもレース当日は緊張で胸が潰れそうになるが、きっとゴールしたら解き放たれたような爽快感を味わえるだろう。伴走のゴロさんに伴われて電車を乗り継ぎ、地下鉄外苑前で下車、絵画館前の銀杏並木を辿って会場の國學院高等学校へ向かう。今年の紅葉は見事だとゴロさん、銀杏の黄色もさぞ鮮やかだろう。昔見たこの周辺の風景を思い起こす。

開催されるのは「神宮外苑ロードレース」、日本盲人マラソン協会の主催で今年三十五回目を迎える。七年前、まだ走り始めたばかりの私は国立競技場に入れるというその一点に魅かれて参加した。憧れの国立競技場のトラックをスタートし、神宮外苑を二・五キロ巡るコースを四回回る周回レースだ。一〇キロなど走った経験もないのに無我夢中で走り、どうにかゴールした。協会にマッチングしてもらった伴走者とはウマが合い、後にニューヨークやサンフランシスコでも伴走してもらうこととなった。その意味でこのレースは私にとって記念すべき大会なのである。

だが国立競技場は二〇二〇年の東京オリンピックに向けて新競技場を建設するためにいち早く取り壊され、核を失ったレースはスタートもゴールも路上になり、距離を稼ぐためにやたらと折り返しが増えた。レース途上でシートに覆われた国立競技場の前を通過すると、かつて神宮の森に見事に調和していたレンガ造りの競技場は空虚な空間と化していた。

ともあれこのたった一〇キロのレースは毎度自己ベストを更新している私の密かな本命レースだ。参加者の殆どが盲人ランナーという気楽さもあってひたすら自分のタイムにのみ集中できる。周回コースなので応援の声も定位置から四回かかる。丁度ペースが落ちかけた時に、知人の声援が飛んでくると見栄を張って頑張る。フル・マラソンの耐える苦しさとは別の、自分を追い込む苦しさだ。自己ベストを狙うレースで毎度お世話になるゴロさんは余裕ではっぱをかけて来る。

「今、力を出し切らないとゴールしてから後悔するよ！」

こんなに必死に物事に取り組むのは人生の中でもそう多くはない。得難い達成感とこの上なく美味なビールがゴールの向こうに待っている。体がバラバラになる寸前にゴールし、新宿の街の一角で祝杯を上げ、第一部は無事に終了した。

第二部は駅前で音楽仲間にバトンタッチしてもらって開始である。ヤットンさんという友人もランニングがらみで知り合ったが、今ではもっぱらコンサートの友だ。クラシック音楽に造詣の深い人で、彼女の好みの店に案内してもらうのも楽しい。新宿南口周辺を散策した後、知る人ぞ知るコーヒー専門店に入った。視力があった頃は私もこの街をなわばりにしていたが、生き馬の目を抜く新宿では刻一刻と景観も様変わりしているはず、今、目が見えたら浦島太郎状態になるのは間違いない。街のそこここから立ち上って来る食べ物の匂い、アロマの香り、革製品や服飾品の匂いなどに好奇心を掻き立てられ、今のこの街の顔を想像する。目隠し鬼という子供の頃の遊戯のように、目隠しを外したら一目瞭然に全てが明快になったらどんなにいいだろう。だがそれはないものねだりだ。

第二部から第三部への移行は地下鉄で行う。モグラの通路のような地下道をヤットンさんはアリアドネー姫さながらに私の手を引いて楽々と闊歩していく。魔法のようにあっという間に築地の会場前に着いた。今夜の演奏者は在日中国人ピアニスト、ウォン・ウィンツァンだ。十年ほど前に信州の友人が送ってくれたCDがきっかけとなって、毎年二回は彼のコンサートに足を運ぶようになった。

今でこそ「癒し」という言葉が常套句のように使われ、陳腐にさえ感じられるが、ウォンさんはその癒しの草分け的存在だ。独特の柔らかい透明な音色がすっと心に入り込んでくる。その心地よさに魅かれてウォンさん詣でを続けている。だが今日のコンサートは今までとは趣が違っていた。いつもはウォンさんの独演に息子さんの美音志さんのギターや民族楽器の伴奏が付くシンプルな演奏会だが、今回はこれまでにウォンさんとかかわりのあった歌手達がゲスト参加し、最後は女性ゴスペル合唱団も参加するという豪華さだ。どうやらこれまでの彼の音楽人生の集大成らしく、音楽仲間やファン達に感謝を表すのが目的らしい。そんなウォンさんの意向が伝わってくるせいなのか、いつもは非常にリラックスして迎える幕開きを、今夜は少し緊張して待つ。だがピアノの最初の一音が響いてきたとたんに緊張感は消えた。いつも通りの独特の柔らかな音色だ。やはりライブはいい。

ゲストミュージシャンが次々に登場し、ウォンさんと軽妙な言葉のかけ引きが繰り広げられ、情感豊かな歌声が披露され、それに絡むこの上なく美しいピアノの旋律が会場全体に響き渡る。何と贅沢な時間だろう。早朝に起床し、全力疾走してきた身の上では途中で睡魔に襲われるかもしれないという危惧を抱いていたが、その心配はなかった。全編通して私のアンテナはエネルギー全開だった。

途中からもう一人の友人が駆けつけ、幕間にはロビーのコーナーでワインで乾杯した。この友人マリさんは昔、私にバイオリンの手ほどきをしてくれたバイオリニストだ。多忙だが、この日は奇跡的に会えた。年末に来ての再会は思いがけないクリスマスプレゼントだ。昔、彼女をモデルに描いた私の絵が話題になり、くすぐったいような懐かしさを覚えた。目が見えていた頃の私を覚えていてくれる人がまだ残っている。

コンサートの終盤はウォンさんの作詞作曲の歌がゴスペル合唱団とゲスト全員によって演奏された。『光を世界に』というその曲はウォンさんの祈りと願いが明快な言葉で表現されている。五年前の東日本大震災以来彼は被災地に出かけて援助活動を続けている。奥様とともにアジア各地での地雷撤去運動、子供病院の援助もする。その彼が作った愛と平和の歌には真実味があった。在日中国人として生まれ育ち、自分のアイデンティティーに迷い苦悩した翳りが根底にあるからこそ彼の作り出す音楽は美しい。そして苦悩を突き抜けて「自分はアジア人だ」と言い切る心境に至って、その強さが音の説得力になっている。様々な人がいる。その一人一人がこの世を照らし出す光そのものなのだと訴えている歌だ。

コンサート終了後、会場を後にして友人二人と余韻に浸りながら熱っぽく語った。今、時代は難しい局面に向かっている。ちっぽけな私達の力ではどうにもならない問題が山積だ。私達にできることといったら一人一人が命を輝かせてこの世を照らし出す光となることだけだ。友人達と手を振って別れながら、今日一日出会った全ての人を愛おしく思った。

きっと今日という日は私の中でかけがえのない記念日になる。

「文章歩道」二〇一七年春号

あとがき　＊　いつか見た空の色

ものを書く楽しみを覚えて以来、様々な有り難い縁を授かってきた。同人誌「雷鼓」の故・小柴温子さん、岩本紀子さんに始まり、「文章歩道」の諸先輩方、朗読を通じての友人等、貴重な示唆を与えてくださる方にも恵まれている。

人は他者によって生かされ、その相互関係の中で日々を営んでいる。そんな思いを言葉に託して書き綴ってきたこの十余年の軌跡を、そろそろ本にまとめたくなった。題名はすぐに決まった。『いつか見た青空』、これは十一年前に書いた作品の題名で、視力を失ってからの私の万感の思いを込めたものだ。同時に、表紙を画家の若狭宣子さんにお願いしたいと考えた。

昨年の六月、友人達と諏訪湖畔を散策した折に水彩画の展覧会で彼女に出会った。目の見えない私に友人が絵を一枚一枚わかりやすく説明してくれ、信州の山野の風景が透明感のある柔らかな色彩で描かれ、特に青色が美しいという。一通り鑑賞した後に御本人と言葉を交わすことができた。その柔らかな声と自然体の話ぶりが絵の印象と一致していることに感心した。話すうちに彼女がマラソンをしていることを知り、私も走っていると伝えると、いきなりハグをしてこう言った。

「あっ、走る体だわ！」

肌で感じたものを絵に描くという彼女は独特の皮膚感覚を持っている。その時、この人と何か一緒に創りたいという願望が生まれた。

今年、作品集を作る決心をして高遠書房の伊藤典子さんに相談し、主宰者の後藤田鶴さん、小森亥三夫編集長のお力添えを頂いて望み通りの本が完成した。感無量である。

空は何かにつけて仰ぎ見ては思いの丈を投げかける対象だ。私も悲しいにつけ苦しいにつけ、常に空を仰ぎ見て己の心をそこに投影してきた。空は己の心を映し出す鏡である。

若狭さんの絵は彼女が一年間に見てきた空の集大成だという。きっと心に去来するあらゆる感情を色彩によって表現しているのだろう。私が百万語を尽くして語ろうとする思いの丈を、魔法のように一瞬にして表現してくれているに違いない。

平成二十九年十月十日

黒澤絵美

著者略歴

黒澤絵美（くろさわえみ）

1953年　茨城県龍ケ崎市生まれ
1973年　京都成安女子短期大学（現・成安造形大学）プロダクトデザインコース卒業
デザイン事務所勤務後イラストレーターとして独立
1980年　視力障害によりイラストレーターを廃業する
1999年　音声を頼りに文章を書き、同人誌「雷鼓」に随筆を投稿し始める
2003年　小説『仙人のお守り』で長塚節文学賞・優秀賞受賞
2006年　随筆『いつか見た青空』で第12回小諸・藤村文学賞・優秀賞受賞

出版本
『母が鼻歌まじりに』（母・京子と共著　2005年・高遠書房）
『海へいこうよ』（絵本　2014年・アスラン書房）

高遠書房会員・雷鼓会員
茨城県取手市在住

いつか見た青空

2018年1月1日　第1刷

著　者　黒澤絵美
編集者　後藤田鶴
発行所　高遠書房
〒399-3104　長野県下伊那郡高森町上市田630
TEL0265-35-1128　FAX0265-35-1127
装　丁　ブルームデザイン　長沼宏
印　刷　龍共印刷株式会社
製　本　株式会社渋谷文泉閣
定　価　本体1600円＋税

ISDN　978-4-925026-47-5　C 0095